EU ESTOU
PENSANDO
EM ACABAR
COM TUDO

EU ESTOU PENSANDO EM ACABAR COM TUDO

IAIN REID

Tradução: Santiago Nazarian

Rocco

Título original
I'M THINKING OF ENDING THINGS

Este livro é uma obra de ficção. Referências a acontecimentos históricos, pessoas reais ou localidades foram usadas de forma fictícia. Outros nomes, personagens, lugares e incidentes são produtos da imaginação do autor, e qualquer semelhança com fatos reais, localidades ou pessoas, vivas ou não, é mera coincidência.

Copyright © 2016 by Iain Reid

Todos os direitos reservados, incluindo
o de reprodução no todo ou em parte ou sob
qualquer forma, sem a permissão escrita do editor.

Direitos para a língua portuguesa reservados
com exclusividade para o Brasil à
EDITORA ROCCO LTDA.
Rua Evaristo da Veiga, 65 – 11º andar
Passeio Corporate – Torre 1
20031-040 – Rio de Janeiro – RJ
Tel.: (21) 3525-2000 – Fax: (21) 3525-2001
rocco@rocco.com.br / www.rocco.com.br

Printed in Brazil/Impresso no Brasil

CIP-Brasil. Catalogação na publicação.
Sindicato Nacional dos Editores de Livros, RJ.

R284e	Reid, Iain, 1981- 　　Eu estou pensando em acabar com tudo / Iain Reid; tradução de Santiago Nazarian. – 1ª ed. – Rio de Janeiro: Rocco, 2021. 　　Tradução de: I'm thinking of ending things 　　ISBN 978-65-5532-095-4 　　ISBN 978-85-68432-99-0 (e-book) 　　1. Ficção canadense. I. Nazarian, Santiago. II. Título.
21-69838	CDD-819.13 CDU-82-3(71)

Camila Donis Hartmann – Bibliotecária – CRB-7/6472

O texto deste livro obedece às normas do
Acordo Ortográfico da Língua Portuguesa.

Para Don Reid

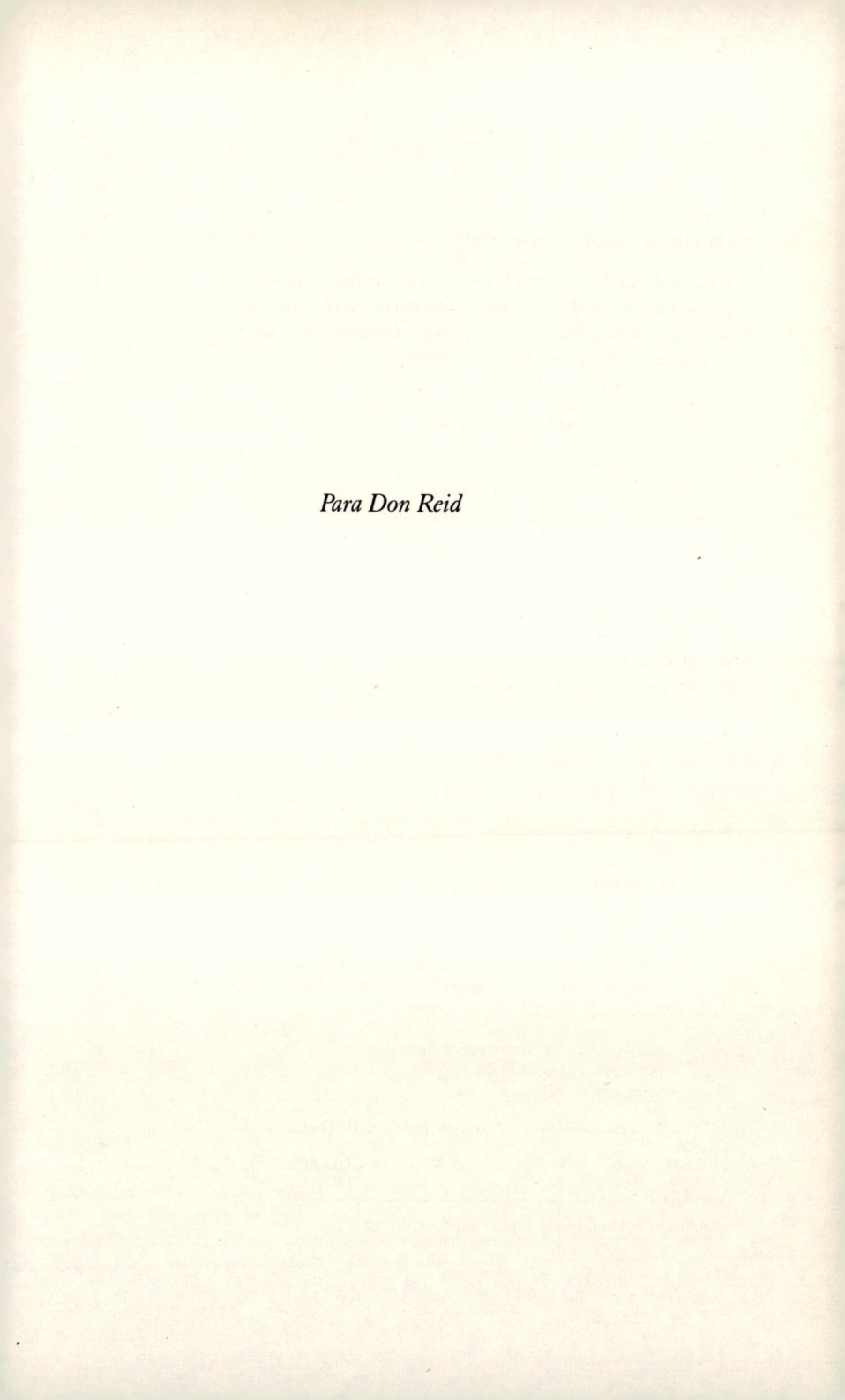

~~Eu estou pensando em acabar com tudo.~~

E u estou pensando em acabar com tudo. Quando este pensamento chega, ele fica. Gruda. Perdura. Domina. Não há muito o que eu possa fazer. Confie em mim. Não vai embora. Fica lá, quer eu goste ou não. Está lá quando eu como. Quando vou me deitar. Está lá quando durmo. Está lá quando acordo. Está lá. Sempre.

Não tenho pensado nisso há muito tempo. A ideia é nova. Mas, ao mesmo tempo, parece velha. Quando começou? E se esse pensamento não foi concebido por mim, mas plantado em minha mente, pré-desenvolvido? Uma ideia não verbalizada é não original? Talvez eu tenha sabido desde sempre. Talvez fosse assim que isso sempre fosse terminar.

Jake, certa vez, disse:

– Às vezes um pensamento está mais próximo da verdade, da realidade, do que uma ação. Você pode dizer qualquer coisa, pode fazer qualquer coisa, mas não pode forjar um pensamento.

Não se pode forjar um pensamento. E é nisso que estou pensando.

Isso me preocupa. Realmente me preocupa. Talvez eu devesse saber como terminaria para nós. Talvez o fim estivesse escrito desde o início.

A estrada está praticamente vazia. Está silencioso por aqui.

A estrada está praticamente vazia. Está silencioso por aqui. Vago. Mais do que o esperado. Há muito para se ver, mas sem muita gente, sem muitos prédios ou casas. Céu. Árvores. Campos. Cercas. A estrada e seus acostamentos de cascalho.

– Quer parar para um café?

– Acho que estou bem – digo.

– Última chance que vamos ter antes de virar tudo fazenda.

Estou visitando os pais de Jake pela primeira vez. Ou vou visitar quando chegarmos. Jake. Meu namorado. Ele não é meu namorado há muito tempo. É nossa primeira viagem juntos, nossa primeira viagem longa, então é estranho que eu esteja me sentindo nostálgica – sobre nosso relacionamento, sobre ele, sobre nós. Eu deveria estar empolgada, ansiosa pela primeira de muitas. Mas não estou. Nem um pouco.

– Não quero café nem lanche – digo novamente. – Quero ter fome para o jantar.

– Não acho que teremos a mesa típica esta noite. Minha mãe anda cansada.

... 9

— Mas não acha que ela vai se importar, certo? De eu estar indo?

— Não, ela vai ficar feliz. Ela está feliz. Meus velhos querem te conhecer.

— Só tem celeiros por aqui. Sério.

Vi mais deles nesta viagem do que vi em anos. Talvez em toda minha vida. Parecem todos iguais. Algumas vacas, alguns cavalos. Ovelhas. Campos. E celeiros. Um céu tão grande.

— Não tem luz nessas rodovias.

— Não tem tráfego o suficiente para garantir iluminação aqui — diz ele. — Sei que você notou.

— Deve ficar bem escuro de noite.

— Fica mesmo.

SINTO COMO SE CONHECESSE Jake há mais tempo do que conheço. Quanto tempo faz... um mês? Seis semanas, talvez sete? Eu deveria saber com exatidão. Vou dizer sete semanas. Temos uma verdadeira conexão, uma ligação incomum e intensa. Nunca vivi nada assim.

Eu me viro no banco em direção a Jake, agarrando minha perna esquerda e trazendo-a para baixo de mim como uma almofada.

— Então, quanto você contou a eles sobre mim?

— Para os meus pais? O suficiente — diz ele, e me dá uma rápida olhada. Gosto do olhar. Sorrio. Sou muito atraída por ele.

— O que você contou para eles?

— Que conheci uma menina linda que bebe gim demais.

— Meus pais não sabem quem você é — digo.

Ele pensa que estou brincando, mas não estou. Eles não fazem ideia de que ele existe. Não contei a eles sobre Jake, nem mesmo que conheci alguém. Nada. Fico pensando que poderia contar alguma coisa. Eu tive diversas oportunidades. Só que nunca me senti segura o suficiente para dizer nada.

Jake parece que vai falar, mas muda de ideia. Ele se estica e aumenta o rádio. Só um pouco. A única música que conseguimos achar depois de muita procura vem de uma estação country. Coisa das antigas. Ele balança a cabeça com a música, cantarolando suavemente.

– Nunca ouvi você cantarolar antes – digo. – Você cantarola muito bem.

Acho que meus pais *nunca* vão saber do Jake, não agora, nem mesmo de forma retroativa. Enquanto dirigimos por uma estrada deserta no campo para a fazenda de seus pais, esse pensamento me deixa triste. Eu me sinto egoísta, autocentrada. Eu deveria dizer a Jake o que estou pensando. Só que é muito difícil falar sobre isso. Quando surgem essas dúvidas, não consigo voltar atrás.

Eu meio que decidi. Estou bem certa de que vou terminar. Isso tira a pressão de conhecer os pais dele. Estou curiosa para ver como eles são, mas agora também me sinto culpada. Estou certa de que ele acha que minha visita a sua família é um sinal de comprometimento, que o relacionamento está evoluindo.

Ele está sentado aqui, ao meu lado. No que está pensando? Ele não tem ideia. Não vai ser fácil. Não quero magoá-lo.

– Como conhece essa música? E já não ouvimos? Duas vezes?

– É um clássico da música country e eu cresci numa fazenda. Sei por osmose.

Ele não confirma que já ouvimos a música duas vezes. Que tipo de rádio toca a mesma música seguidamente no intervalo de uma hora? Eu quase não escuto mais rádio; talvez seja o que eles façam agora. Talvez seja normal. Eu não saberia. Ou talvez essas velhas músicas country soem todas iguais para mim.

POR QUE NÃO CONSIGO me lembrar de nada sobre minha última viagem de carro? Eu não conseguiria nem dizer quando foi. Olho pela janela, mas não estou olhando de verdade para nada. Só passando o tempo da forma que se faz num carro. Tudo passa mais rápido dentro de um carro.

O que é bem ruim. Jake me contou sobre a paisagem aqui. Ele adora. Diz que sente saudades sempre que está longe. Especialmente dos campos e do céu, disse. Sei que é bonito, tranquilo. Mas é difícil dizer com o carro em movimento. Tento absorver o máximo que posso.

Dirigimos por uma propriedade deserta, apenas com os restos de uma casa de fazenda. Jake diz que se incendiou cerca de uma década atrás. Há um celeiro decrépito atrás da casa e um balanço montado no quintal da frente. Mas o balanço parece novo. Não velho e enferrujado, não gasto pelo tempo.

— Qual é a desse balanço novo? — pergunto.

— Quê?

— Nessa fazenda queimada. Ninguém mais mora aí.

— Se estiver com frio, me avisa. Está com frio?

— Estou bem — respondo.

O vidro da janela está frio. Descanso minha cabeça nele. Posso sentir as vibrações do motor através do vidro, cada solavanco na estrada. Uma suave massagem no cérebro. É hipnótico.

Não digo a ele que estou tentando não pensar na Chamada. Não quero pensar na Chamada nem na mensagem. Não esta noite. Também não quero contar a Jake que estou evitando ver meu reflexo na janela. É um dia sem espelhos, assim como o dia em que Jake e eu nos conhecemos. Esses são pensamentos que guardo só para mim.

Era noite de Quiz no pub do campus. A noite em que nos conhecemos. O pub do campus não é um lugar em que passo muito tempo. Não sou estudante. Não mais. Eu me sinto velha lá. Nunca comi no pub. A cerveja tem gosto de ferrugem.

Eu não esperava encontrar ninguém naquela noite. Estava sentada com minha amiga, mas não estávamos muito no clima de Quiz. Estávamos dividindo uma jarra, conversando.

Acho que a razão pela qual minha amiga queria que nos encontrássemos no pub do campus era porque ela achava que eu podia encontrar algum cara lá. Ela não disse isso, mas é no que acredito que pensava. Jake e seus amigos estavam na mesa ao lado.

Não me interesso muito por Quiz. Não é que *não* seja divertido. Só não é minha praia. Eu prefiro ir para algum lugar menos intenso, ou ficar em casa. Cerveja em casa nunca tem gosto de ferrugem.

O time de conhecimentos gerais do Jake era chamado de Sobrancelhas de Brezhnev.

– Quem é Brezhnev? – perguntei a ele. Fazia muito barulho lá, e estávamos quase gritando um com o outro por cima da música. Conversávamos por alguns minutos.

— Foi um engenheiro soviético, trabalhava com metalurgia. Era da Estagnação. Tinha umas taturanas monstruosas como sobrancelha.

É disso que estou falando. O nome do time de Jake. Era para ser engraçado, mas também obscuro o suficiente para demonstrar conhecimento do Partido Soviético Comunista. Não sei por quê, mas esse é o tipo de coisa que me enlouquece.

Nomes de times são sempre assim. Ou, se não, são insinuações sexuais descaradas. Outro time era chamado de Meu Sofá se Desdobra e Eu Também! Disse a Jake que eu realmente não gostava de Quiz, não num lugar desses. Ele disse:

— Pode ser bem detalhista. É uma mistura estranha de competitividade velada com apatia.

Jake não é impressionante, não mesmo. É bonito principalmente pela irregularidade. Não foi o primeiro cara que notei naquela noite, mas era o mais interessante. Raramente sou tentada por uma beleza imaculada. Ele pareceu um pouco menos parte do grupo, como se tivesse sido arrastado para lá, como se o time dependesse de suas respostas. Eu me senti imediatamente atraída por ele.

Jake é longo, inclinado e desigual, com maçãs do rosto salientes. Meio magricelo. Gostei daquelas maçãs do rosto esqueléticas desde quando as vi pela primeira vez. Seus lábios carnudos e escuros compensam o visual subnutrido. Gordos, carnudos e colagênicos, especialmente o lábio inferior. Seu cabelo era curto e desgrenhado, e talvez mais comprido de um lado, ou com textura diferente, como se ele tivesse penteados distintos em cada lado da cabeça. Seu cabelo não estava nem sujo nem recém-lavado.

Ele estava barbeado e usava óculos de armação fina e prateada, cuja haste direita ajustava de maneira displicente. Às vezes ele os empurrava para trás com o dedo indicador na ponte do nariz. Eu notava que ele tinha um tique: quando se concentrava em algo, cheirava as costas da mão, ou pelo menos a mantinha sob o nariz. É algo que ainda faz com frequência. Usava uma camiseta cinza lisa, acho, talvez azul, e jeans. A camiseta parecia ter sido lavada centenas de vezes. Ele piscava muito. Dava para ver que era tímido. Podíamos nos sentar lá a noite toda, um ao lado do outro, e ele não teria me dito uma palavra. Ele sorriu para mim uma vez, mas foi só isso. Se eu tivesse deixado por conta dele, nunca teríamos nos conhecido.

Dava para ver que ele não ia dizer nada, então falei primeiro:

– Vocês estão indo muito bem. – Foi a primeira coisa que eu disse a Jake.

Ele levantou o copo de cerveja.

– Estamos bem fortificados.

E foi isso. Gelo quebrado. Conversamos mais um pouco. Então, bem casualmente, ele disse:

– Sou um cruciverbalista.

Eu disse algo não comprometedor, tipo "hum" ou "é". Eu não conhecia essa palavra.

Jake disse que queria que o nome de seu time fosse Solipsistas. Eu também não sabia o que essa palavra significava. E, inicialmente, pensei em fingir. Já dava para ver, apesar de sua cautela e reticência, que ele era exoticamente esperto. Não era agressivo de forma alguma. Não estava tentando me ganhar. Sem frases cafo-

nas. Só estava curtindo conversar. Tive a impressão de que não era muito de sair.

— Acho que não conheço essa palavra — eu disse. — Nem a outra. — Concluí que, como a maioria dos homens, ele provavelmente gostaria de me ensinar. Gostaria mais do que se achasse que eu já conhecia as palavras e tinha um vocabulário igualmente variado.

— Solipsista é basicamente apenas outra maneira de dizer autocentrado ou individualista. É do latim *ipse*, que quer dizer "si próprio".

Sei que essa parte soa pedante e palestrante e desestimulante, mas, pode acreditar, não foi. Não mesmo. Não vindo do Jake. Ele tinha um cavalheirismo, uma docilidade atraente, natural.

— Achei que seria um bom nome para nosso time, considerando que há muitos de nós, mas que não somos como nenhum outro. E porque jogamos sob um único nome de time, cria uma identidade de unidade. Desculpe, não sei se isso faz sentido, e com certeza é um porre.

Nós dois rimos e parecia que estávamos sozinhos lá, juntos naquele pub. Eu bebi um pouco de cerveja. Jake era divertido, ou pelo menos tinha senso de humor. Eu ainda não acho que ele seja tão engraçado quanto eu. A maioria dos homens não é.

Mais tarde naquela noite ele disse:

— As pessoas não são muito engraçadas. Não de verdade. Ser engraçado é algo raro — ele disse como se soubesse exatamente o que eu pensava anteriormente.

— Não sei se isso é verdade — eu disse. Gostei de ouvir uma declaração tão definitiva sobre "pessoas". Havia uma confiança

profunda borbulhando sob seu verniz de contenção.

Quando pude ver que ele e seus colegas estavam prontos para partir, pensei em pedir o número dele ou dar a ele o meu. Queria desesperadamente, mas não conseguia. Não queria que ele se sentisse na obrigação de ligar. Queria que ele tivesse vontade de ligar, claro. Queria mesmo. Mas fiquei contando com a probabilidade de vê-lo por aí. Era uma cidade universitária, não uma cidade grande. Eu esbarraria nele. No fim das contas, não precisei esperar pelo acaso.

Ele deve ter enfiado um bilhete na minha bolsa quando deu boa-noite. Encontrei quando cheguei em casa.

Se eu tivesse seu número, poderíamos conversar, e eu te diria algo engraçado.

Ele escreveu o número dele no fim do bilhete.
Antes de ir para a cama, pesquisei *cruciverbalista*. Eu ri e acreditei nele.

– Ainda não entendo. Como algo assim pôde acontecer?
– Estamos todos chocados.
– Nada tão horrível assim já aconteceu por aqui.
– Não, não desse jeito.
– Em todos os anos em que trabalhei aqui.
– Acho que não.
– Não dormi na noite passada. Nem pisquei.
– Nem eu. Não fiquei confortável. Mal consigo comer. Você devia ter visto minha esposa quando contei a ela. Achei que fosse vomitar.
– Como ele pôde fazer isso, levar isso adiante? Não se faz isso do nada. Não dá.
– É assustador, é isso que é. Assustador e perturbador.
– Então você o conhecia? Eram próximos ou...?
– Não, não. Próximos, não. Acho que ninguém era próximo dele. Ele era um solitário. Era a natureza dele. Fechado em si mesmo. Reservado. Alguns o conheciam melhor. Mas... você sabe.
– Que loucura. Não parece real.
– É uma dessas coisas terríveis, mas infelizmente é bem real.

Como estão as estradas?

—Como está a estrada?
– Está ok. – diz ele. – Um pouco escorregadia.
– Fico feliz que não esteja nevando.
– Com sorte nem vai começar.
– Parece frio lá fora.
Individualmente nós dois somos espetaculares. Parece digno de nota. Combinando nossos ingredientes, a altura esguia do Jake com minha pequenez evidente não fazem sentido. Sozinha na multidão eu me sinto condensada, *negligenciável*. Jake, apesar da altura, também se mistura à multidão. Mas, quando estamos juntos, noto que as pessoas olham para nós. Não para mim ou para ele: nós. Individualmente, eu me misturo. Ele também. Como um casal, nós nos sobressaímos.

Seis dias depois de nos encontrarmos no pub, tivemos três refeições juntos, duas caminhadas, saímos para um café e vimos um filme. Conversávamos o tempo todo. Ficamos íntimos. Jake me contou duas vezes depois de me ver pelada que eu parecia – de uma maneira positiva, enfatizou – A Uma Thurman jovem,

uma Uma Thurman "comprimida". Ele me chamou de "comprimida". Essa foi a palavra. A palavra dele.

Ele nunca falou que eu era sexy. Tudo bem. Ele me chamou de linda e disse "gata" uma vez ou outra, da forma como os caras fazem. Certa vez ele disse que eu era terapêutica. Nunca ouvi isso antes de ninguém. Foi logo depois de nos pegarmos.

Achei que aconteceria – a gente se pegar –, mas não foi planejado. Começamos a nos beijar no meu sofá depois do jantar. Tinha feito sopa. Para sobremesa, dividimos uma garrafa de gim. Passamos um ao outro, dando goles direto da garrafa como moleques de ensino médio ficando bêbados antes de uma dança. Esse momento pareceu muito mais urgente do que outras vezes que nos pegamos. Quando a garrafa estava pela metade, fomos para a cama. Ele tirou minha parte de cima, e eu abri a calça dele. Ele me deixou fazer o que eu queria.

Ele ficava dizendo "me beija, me beija". Mesmo que eu parasse por apenas três segundos. "Me beija", seguidamente. Tirando isso, ele ficou em silêncio. As luzes estavam apagadas e eu mal conseguia ouvir sua respiração.

Não conseguia vê-lo muito bem.

– Vamos usar nossas mãos – disse ele. – Apenas nossas mãos.

Achei que estávamos prestes a fazer sexo. Eu não sabia o que dizer. Fui me deixando levar. Nunca tinha feito isso antes. Quando terminamos, ele caiu sobre mim. Ficamos assim por um tempo, olhos fechados, respirando. Então ele rolou para o lado e suspirou.

Não sei quanto tempo depois disso, mas Jake acabou se levantando e foi ao banheiro. Fiquei deitada lá, observando-o caminhar, escutando a torneira aberta. Ouvi a descarga da privada.

Ele ficou lá dentro por um tempo. Eu olhava para meus dedos do pé, mexendo-os.

Fiquei pensando que deveria contar a ele sobre a Chamada, mas não conseguia. Queria me esquecer disso. Contar a ele tornaria tudo mais sério do que eu queria que fosse. Isso foi o mais próximo que cheguei de lhe contar.

Eu estava lá deitada, sozinha, quando uma lembrança me veio à mente. Quando eu era bem nova, talvez seis ou sete, acordei uma noite e vi um homem na minha janela. Eu não pensava nisso havia um bom tempo. Eu não falo – nem mesmo penso – nisso com frequência. É meio que uma lembrança nebulosa, esburacada. Mas as partes de que me lembro, eu me lembro com clareza. Essa não é uma história que trago em jantares de amigos. Não estou certa do que as pessoas achariam disso. Nem eu estou certa sobre o que acho disso. Não sei por que me veio à mente naquela noite.

COMO SABEMOS QUANDO algo é ameaçador? O que nos dá a dica de que algo não é inocente? O instinto sempre vence a razão. De noite, quando acordo sozinha, a lembrança ainda me aterroriza. Quanto mais velha eu fico, mais isso me assusta. Cada vez que eu me lembro, parece pior, mais sinistro. Talvez, a cada vez que me lembro disso, eu faça ser pior do que era. Não sei.

Acordei sem motivo naquela noite. Não era como se eu precisasse ir ao banheiro. Meu quarto estava bem silencioso. Não houve um processo. Eu estava instantaneamente bem desperta. Aquilo era incomum para mim. Sempre leva alguns segundos, ou até

minutos, para eu processar. Desta vez, acordei como se tivesse levado um chute.

Estava deitada de costas, o que também era incomum. Normalmente deito de lado ou de bruços. As cobertas estavam sobre mim, bem juntas, como se eu tivesse sido colocada na cama. Eu estava com calor, suando. Meu travesseiro estava úmido. Minha porta estava fechada e a luz que geralmente deixo ligada à noite estava apagada. O quarto estava escuro.

O ventilador de teto estava ligado no máximo. Rodava rápido, eu me lembro bem dessa parte. Girava bem. Parecia que podia sair voando do teto. Era o único som que eu conseguia ouvir – o motor metronômico do ventilador e as lâminas cortando o ar.

Não era uma casa nova, e eu podia ouvir algo – canos ou rangidos – sempre que acordava no meio da noite. Era estranho que eu não conseguisse ouvir mais nada no momento. Eu me deitei lá, escutando, alerta, abalada.

E foi quando eu o vi.

Meu quarto ficava nos fundos da casa. Era o único quarto no térreo. A janela ficava na minha frente. Não era larga ou alta. O homem estava ali, parado, do lado de fora.

Eu não conseguia ver o rosto. Estava acima da moldura da janela. Eu só podia ver seu tronco, apenas metade. Ele balançava levemente. Ele mexia as mãos, esfregava uma na outra de tempos em tempos, como se tentasse aquecê-las. Eu me lembro disso vividamente. Ele era bem alto, bem magrelo. Seu cinto – eu me lembro do cinto preto e gasto – estava preso de forma que a parte que sobrava se pendurava como uma cauda na frente. Ele era mais alto do que qualquer pessoa que eu já tivesse visto.

Por um longo tempo eu o observei. E não me mexi. Ele também permaneceu onde estava, contra a janela, as mãos ainda se movendo uma sobre a outra. Parecia que estava dando um tempo de alguma atividade física.

Mas quanto mais eu o observava, mais parecia – ou eu sentia – que ele podia me ver, mesmo com a cabeça e os olhos acima do topo da janela. Não fazia sentido. Nada daquilo fazia. Se eu não conseguia ver seus olhos, como ele conseguia me ver? Eu sabia que não era um sonho. Mas também não era nada diferente de um sonho. Ele estava me observando. Era para isso que ele estava lá.

Uma música suave tocava, vinda de fora, mas eu não consigo me lembrar com clareza. Eu mal podia ouvir. E não dava para reparar logo que acordei, mas acabei ouvindo depois de ver o homem. Não tenho certeza se era uma gravação ou alguém cantarolando. Um bom tempo se passou assim, acho, muitos minutos, talvez uma hora.

Então o homem acenou. Eu não estava esperando. Sinceramente, não sei se era de fato um aceno ou um movimento da mão. Talvez fosse só um gesto similar a um aceno.

O aceno mudou tudo. Tinha um toque de malícia, como se sugerisse que eu nunca poderia estar completamente sozinha, que ele estaria por perto, que voltaria. De repente, tive medo. A questão é que aquela sensação é tão real para mim agora quanto era antes. As imagens são igualmente reais.

Fechei os olhos. Queria gritar, mas não gritei. Caí no sono. Quando finalmente abri os olhos, era manhã e o homem havia ido embora.

Depois disso, achei que fosse acontecer novamente. Que ele apareceria novamente, observando. Mas não aconteceu. Não na minha janela, de qualquer forma.

Mas sempre senti que o homem estava lá. O homem está sempre lá.

HOUVE MOMENTOS EM QUE pensei que o vi. Eu passava por uma janela, geralmente de noite, e havia um homem alto sentado com as pernas cruzadas do lado de fora da minha casa, num banco. Estava parado e olhando em minha direção. Não tenho certeza de como um homem sentado num banco pode ser pernicioso, mas era.

Ele estava longe o suficiente para que fosse difícil ver seu rosto ou saber ao certo se olhava para mim. Eu odiava quando o via. Não acontecia com frequência, mas eu odiava. Não havia nada que eu pudesse fazer a respeito. Ele não estava fazendo nada de errado. Mas também não estava fazendo nada especificamente. Não lia. Não conversava. Estava apenas sentado lá. Por que estava lá? Essa era, provavelmente, a pior parte. Podia ser tudo na minha cabeça. Esse tipo de abstração pode parecer bem real.

Eu estava deitada de costas, assim como Jake me deixara, quando ele voltou do banheiro. As cobertas estavam bagunçadas. Um dos travesseiros no chão. A forma como nossas roupas ficaram em montes bagunçados ao redor da cama fez o quarto parecer uma cena de crime.

Ele ficou aos pés da cama sem dizer nada pelo que pareceu um tempo anormalmente longo. Eu já o tinha visto deitado pelado, mas nunca de pé. Fingi não olhar. Seu corpo era pálido, esguio,

venoso. Ele encontrou sua cueca no chão, a vestiu e voltou para a cama.

– Quero ficar aqui esta noite – disse ele. – Isso é tão bom. Não quero deixar você.

Por algum motivo, bem naquele momento, enquanto ele vinha para o meu lado, seu pé se esfregando no meu, eu queria deixá-lo com ciúmes. Nunca senti uma vontade tão forte antes. Veio do nada.

Olhei para ele ao meu lado, deitado de bruços, olhos fechados. Nós dois com os cabelos suados. Seu rosto, como o meu, estava corado.

– Isso foi tão bom – eu disse, fazendo cócegas no fim das costas dele com a ponta dos dedos. Ele gemeu concordando. – Meu último namorado... não tinha... É raro existir uma conexão verdadeira. Alguns relacionamentos são totalmente físicos, apenas físicos. É uma libertação física extrema e nada mais. Vocês podem estar vidrados um no outro, mas esse tipo de coisa não dura.

Ainda não sei por que disse aquilo. Não era totalmente verdade, e por que eu falaria sobre outro namorado naquele momento? Jake não reagiu. Nem um pouco. Apenas ficou deitado, virou-se para ficar de frente para mim, e disse:

– Continue com isso. Está gostoso. Eu gosto quando você me toca. Você é delicada. Você é terapêutica.

– Você é gostoso também – eu disse.

Cinco minutos depois, a respiração de Jake mudou. Ele caiu no sono. Eu estava com calor e fiquei sem cobertas. O quarto estava escuro, mas meus olhos haviam se adaptado; ainda conseguia

enxergar os dedos do pé. Ouvi o telefone tocar na cozinha. Estava bem tarde. Tarde demais para alguém ligar. Não me levantei para atender. Eu não conseguia dormir. Eu me virava e revirava. Tocou mais três vezes. Continuamos na cama.

 Quando acordei de manhã, mais tarde do que o normal, Jake já tinha saído. Eu estava debaixo das cobertas. Tinha dor de cabeça e boca seca. A garrafa de gim estava no chão, vazia. Eu usava calcinha e um top, mas não me lembrava de tê-los vestido.

 Eu devia ter contado a Jake sobre a Chamada. Percebo isso agora. É algo que eu devia ter dito a ele quando começou. Devia ter dito a *alguém*. Mas não disse. Não pensei que fosse algo significativo, até que foi. Agora sei bem.

 A primeira vez que ele ligou, foi apenas um número errado. Só isso. Nada sério. Nada para me preocupar. A ligação veio na mesma noite em que conheci Jake no pub. Ligação errada não acontece com tanta frequência, mas não é algo incomum. A ligação me despertou de um sono profundo. A única parte estranha era a voz por trás da Chamada – um timbre tenso e contido, que saía aos poucos.

 Desde o início, desde aquela primeira semana com Jake, até mesmo desde o primeiro encontro, notei coisinhas estranhas nele. Não gosto de reparar nessas coisas, mas reparo. Mesmo agora, no carro. Não é ruim. Não sei como descrever. É apenas o cheiro de Jake. Tantos pequenos detalhes que aprendemos em curtos períodos de tempo. Faz semanas, não anos. Há coisas que obviamente não sei sobre ele. E há coisas que ele não sabe sobre mim. Como a Chamada.

A Chamada era de um cara, eu conseguia notar, pelo menos de meia-idade, provavelmente mais velho, mas com uma voz distintamente feminina, quase como se ele estivesse fazendo uma entonação feminina básica ou pelo menos tornando sua voz mais aguda, mais delicada. Desagradavelmente distorcida. Era uma voz que não reconheci. Não era alguém que eu conhecia.

Por um bom tempo, escutei aquela primeira mensagem seguidamente, vendo se eu conseguia detectar algo familiar. Não consegui. Ainda não consigo.

Depois da primeiro ligação, quando expliquei que devia ser o número errado, ele disse "sinto muito", em sua voz afeminada arranhada. Ele esperou mais um momento e desligou. Esqueci disso em seguida.

No dia seguinte eu vi duas chamadas perdidas. Ambas foram recebidas no meio da noite, enquanto eu dormia. Verifiquei as ligações perdidas anteriores e vi que era o mesmo número da ligação errada da véspera. Aquilo era esquisito. Por que ele me ligaria de volta? Mas o que era realmente esquisito e inexplicável — e isso ainda me deixa abalada — era que as ligações vieram do meu próprio número.

A princípio, não acreditei. Quase não reconheci meu número. Tinha me enganado. Achei que era um erro. Tinha que ser. Mas verifiquei duas vezes e me certifiquei de que estava olhando as chamadas perdidas e não outra coisa. Era definitivamente a lista de chamadas perdidas. E lá estava. Meu número.

Três ou quatro dias depois, a Chamada deixou sua primeira mensagem de voz. Foi aí que as coisas começaram a ficar realmente sinistras. Ainda tenho essa mensagem salva. Tenho todas. Ele

deixou sete. Não sei por que as guardo. Talvez porque eu pense que poderia contar a Jake.

Vasculho minha bolsa e pego o telefone, disco.

– Para quem está ligando? – pergunta Jake.

– Só estou verificando minhas mensagens.

Escuto a primeira mensagem salva. É a primeira mensagem de voz que a Chamada deixou.

Só há uma questão a resolver. Estou assustado. Eu me sinto um pouco louco. Não estou lúcido. As suposições estão certas. Posso sentir meu medo crescendo. Agora é a hora da resposta. Apenas uma questão. Uma questão a responder.

As mensagens não são obviamente agressivas ou ameaçadoras. Nem a voz. Acho que não. Agora não tenho tanta certeza. São definitivamente tristes. O homem da Chamada soa triste, talvez um pouco frustrado. Não sei o que suas palavras significam. Parecem sem sentido, mas também não são murmúrios. E são sempre as mesmas. Palavra por palavra.

ENTÃO ESSA É BASICAMENTE a única outra coisa interessante na minha vida agora. Que tenho saído com Jake e que outra pessoa, outro homem, tem me deixado mensagens de voz estranhas. Não é comum eu ter segredos.

Às vezes quando estou na cama, dormindo profundamente, acordo e vejo que tenho uma chamada perdida, geralmente por volta de três da manhã. Ele geralmente liga no meio da noite. E a ligação sempre vem do meu número.

Certa vez ele ligou quando Jake e eu estávamos vendo um filme na cama. Quando meu número apareceu, eu não disse nada, mas fingi que estava mastigando e passei o telefone para o Jake. Ele atendeu e disse que era alguma senhora que havia ligado para o número errado. Ele pareceu despreocupado. Continuamos a assistir ao filme. Não dormi muito bem naquela noite.

Desde que as ligações começaram eu tive pesadelos, sonhos bem assustadores, e acordei duas vezes no meio da noite com princípio de pânico, sentindo como se alguém estivesse no meu apartamento. Isso nunca aconteceu comigo antes. É uma sensação terrível. Por alguns segundos, parece que alguém está dentro do quarto, parado num canto, bem perto, me observando. É tão real e assustador. Não consigo me mover.

Estou meio que dormindo, mas depois de mais ou menos um minuto, estou totalmente acordada e vou ao banheiro. É sempre bem silencioso no meu apartamento. Deixo a água correndo na pia e parece mais alto porque tudo está muito quieto. Meu coração bate forte. Estou bem suada e precisei trocar de pijama porque estava muito úmido. Eu geralmente não suo, não assim. Não é uma sensação boa. É tarde demais para contar a Jake qualquer coisa dessas. Só me sinto mais no limite do que normalmente estou.

CERTA NOITE, ENQUANTO EU DORMIA, o cara da Chamada ligou doze vezes. Não deixou nenhuma mensagem naquela noite. Mas havia doze chamadas perdidas. Todas do meu número.

A maioria das pessoas, depois disso, teria feito algo sobre a questão, mas eu não fiz. E o que eu poderia fazer? Não podia

ligar para a polícia. Ele nunca me ameaçou nem disse nada violento ou perigoso. É isso que eu acho muito bizarro, que ele não queira conversar. Acho que dá para dizer que ele *só* quer falar. Nunca conversar. Sempre que tento atender a uma de suas chamadas, ele simplesmente desliga. Prefere deixar sua mensagem enigmática.

Jake não está prestando atenção. Está dirigindo, então escuto a mensagem novamente.

Só há uma questão a resolver. Estou assustado. Eu me sinto um pouco louco. Não estou lúcido. As suposições estão certas. Posso sentir meu medo crescendo. Agora é a hora da resposta. Apenas uma questão. Uma questão a responder.

Já escutei tantas vezes. De novo e de novo.

De repente, tudo foi longe demais. Era a mesma mensagem de sempre, palavra por palavra, mas dessa vez havia algo novo no final. A última mensagem que recebi mudou as coisas. Foi a pior. Foi realmente sinistra. Eu não consegui dormir nada naquela noite. Eu me sentia assustada e idiota por não ter colocado um fim nas ligações antes. Eu me senti idiota por não contar a Jake. Ainda estou chateada com isso.

Só há uma questão a resolver. Estou assustado. Eu me sinto um pouco louco. Não estou lúcido. As suposições estão certas. Posso sentir meu medo crescendo. Agora é a hora da resposta. Apenas uma questão. Uma questão a responder.

Então...

Agora vou dizer algo que vai te incomodar: sei como é sua aparência. Conheço seus pés, suas mãos e sua pele. Conheço sua cabeça, seu cabelo e seu coração. Você não deveria roer as unhas.

Decidi que definitivamente precisava atender da próxima vez que ele ligasse. Tinha que dizer a ele para parar. Mesmo que ele não respondesse nada, eu podia dizer isso a ele. Talvez fosse o suficiente.

O telefone tocou.

– Por que está ligando para mim? Como conseguiu meu número? Não pode continuar com isso – eu disse. Eu estava com raiva e assustada. Aquilo já não parecia uma coisa aleatória. Não parecia que ele tinha ligado para um número qualquer que surgiu na cabeça. Não ia parar. Ele não ia embora, e queria algo. O que ele queria de mim? Por que eu?

– Isso é uma questão sua. Não posso te ajudar!

Eu estava gritando.

– Mas você que me ligou – disse ele.

– Quê?

Desliguei e joguei meu telefone no chão. Meu peito arfava.

Sei que era apenas um blefe idiota, mas eu roo as unhas desde a quinta série.

— *Na noite em que você ligou, estávamos num jantar de amigos. Fiz uma tortinha de pecã com calda de caramelo salgado de sobremesa. Aquela ligação. A noite de todo mundo acabou depois que ouvimos. Ainda posso ouvir cada palavra da sua ligação.*

— *As crianças estavam fora quando ouvi. Liguei para você imediatamente.*

— *Ele estava deprimido ou doente? Sabe se ele estava deprimido?*

— *Aparentemente ele não estava tomando nenhum antidepressivo. Mas mantinha segredos. Tenho certeza de que havia mais.*

— *É.*

— *Se ao menos soubéssemos o quão sério era. Se ao menos houvesse sinais. Sempre há sinais. As pessoas não fazem simplesmente* isso.

— *Essa não era uma pessoa racional.*

— *Verdade, bom ponto.*

— *Ele não é como nós.*

— *Não, não. Nem um pouco como nós.*

— *Se você não tem nada, não há nada a perder.*

— *É. Nada a perder.*

Acho que muito do que aprendemos sobre os outros não é o

Acho que muito do que aprendemos sobre os outros não é o que eles nos contam. É o que observamos. As pessoas podem nos contar o que quiserem. Como Jake apontou certa vez, sempre que alguém diz: "Prazer em conhecê-lo", está na verdade pensando algo diferente. Fazendo algum julgamento. "Prazer" nunca é exatamente o que a pessoa está pensando ou sentindo, mas é o que dizem, e escutamos.

Jake me contou uma vez que nosso relacionamento tinha sua própria valência. *Valência*. Foi a palavra que ele usou.

Se isso é verdade, então os relacionamentos podem mudar da tarde para a noite, de uma hora para outra. Deitar na cama é uma coisa. Quando tomamos o café da manhã juntos e quando é cedo, não falamos muito. Gosto de conversar, mesmo que seja só um pouco. Isso me ajuda a despertar. Especialmente se a conversa é engraçada. Nada me desperta como uma risada, sério, mesmo apenas uma grande risada, desde que seja sincera. É melhor que cafeína.

Jake prefere comer seu cereal ou torrada e ler, basicamente em silêncio. Ele está sempre lendo. Ultimamente é aquele livro do Cocteau. Já deve ter relido umas cinco vezes.

Mas ele também só lê o que está disponível. A princípio, achei que ele ficasse quieto no café da manhã porque estivesse muito entretido com qualquer livro que estivesse lendo. Eu podia entender isso, apesar de não ser como eu funciono. Eu jamais leria dessa forma. Gosto de saber que tenho um pouco de tempo separado para a leitura, para entrar de fato na história. Não gosto de ler e comer, não ao mesmo tempo.

Mas é o ato de ler só por ler que eu acho irritante. Jake lê qualquer coisa – jornal, revista, uma caixa de cereal, um folheto vagabundo, um cardápio de entrega, qualquer coisa.

– Ei, você acha que segredos são inerentemente injustos, ou maus, ou imorais num relacionamento? – pergunto.

Ele foi pego de surpresa. Olha para mim, depois de volta para a estrada.

– Não sei. Depende do segredo. É significativo? Há mais de um segredo? Quantos são? E o que está sendo escondido? Mas todos os relacionamentos têm segredos, não acha? Mesmo em relacionamentos de uma vida toda e casamentos de cinquenta anos, há segredos.

Na quinta manhã que tomamos café da manhã juntos, eu parei de tentar puxar conversa. Não fiz nenhuma piada. Eu me sentei. Comi o cereal. A marca de Jake. Olhei ao redor da sala. Eu o espiei. E observei. Pensei: isso é bom. É assim que a gente *realmente* conhece um ao outro.

Ele lia uma revista. Havia uma leve camada branca ou resíduo sobre seu lábio inferior, concentrado nos cantos da boca, no vale

onde os lábios superior e inferior se encontram. Isso acontecia na maioria das manhãs, essa camada branca no lábio. Depois que ele tomava banho, geralmente sumia. Era pasta de dente? Era de respirar pela boca a noite toda? Era o equivalente a remelas na boca? Quando lia, ele mastigava bem lentamente, como para conservar energia, como se concentrar-se nas palavras diminuísse sua capacidade de engolir. Às vezes havia um longo atraso entre seu último movimento da mandíbula e a engolida.

Ele esperava um tempo, então pegava outra colherada transbordante de sua tigela, levantando-a distraidamente. Achei que ele fosse derrubar leite no queixo; cada colherada vinha muito cheia. Mas não derrubava, e enfiava tudo na boca sem deixar escapar uma única gota. Descansava a colher na tigela e limpava o queixo, mesmo que não tivesse nada lá. Era tudo feito de forma distraída.

Sua mandíbula é bem rígida e musculosa. Mesmo agora. Mesmo sentado, dirigindo.

Como posso evitar de pensar sobre tomar café da manhã com ele daqui a vinte ou trinta anos? Ele ainda terá esse resíduo branco todos os dias? Estará pior? Será que todo mundo num relacionamento pensa nessas coisas? Eu o observei engolindo – aquele pomo de adão proeminente, que mais parecia um caroço nodoso de pêssego preso na garganta.

Às vezes depois de comer, geralmente após uma grande refeição, seu corpo fazia sons como se fosse um carro esfriando após um longo passeio. Posso ouvir líquidos passando por pequenos espaços. Isso não acontece tanto no café da manhã, é mais frequente no jantar.

Detesto ficar remoendo essas coisas. São desimportantes e banais. Mas agora é a hora de pensar sobre elas, antes que esse relacionamento fique mais sério. Só que isso me deixa louca, não é? Sou louca por pensar nesse tipo de coisa?

Jake é esperto. Ele vai ser um professor de respeito dentro em breve. Instrução completa e tudo mais. Essas coisas são atraentes. Dá uma boa vida. Ele é alto. E tem essa atratividade desajeitada. Ele é atraentemente misantropo. Todas as coisas que eu gostaria num marido quando era mais nova. Atende a todos os requisitos. Só não estou certa do que isso significa agora que o observo comer cereal e ouço seu corpo fazendo ruídos hidráulicos.

– Você acha que seus pais têm segredos? – pergunto.

– Com certeza. Estou certo de que têm. Eles precisam ter.

A coisa mais esquisita – e pura ironia, como Jake diria – é que não posso dizer nada a ele sobre minhas dúvidas. Elas têm tudo a ver com ele, e ele é a pessoa com a qual não me sinto confortável para falar. Não vou dizer nada até estar certa de que acabou. Não posso. A minha dúvida envolve nós dois, afeta nós dois, e ainda assim só posso decidir sozinha. O que isso diz a respeito de relacionamentos? Mais uma na longa fila de contradições de começo de relacionamento.

– Por que todas essas perguntas sobre segredos?

– Por nada – digo. – Só estava pensando.

~~Talvez eu devesse apenas curtir a viagem. Não pensar demais~~

T alvez eu devesse apenas curtir a viagem. Não pensar demais. Tirar da cabeça. Tentar me divertir; deixar as coisas acontecerem naturalmente.

Não sei o que isso significa, "deixar as coisas acontecerem naturalmente", mas ouço com frequência. As pessoas me dizem muito isso quando se trata de relacionamentos. Não é isso que estamos fazendo? Estou me permitindo considerar isso. É natural. Não vou evitar que as dúvidas surjam. Isso não seria *mais* incomum?

Eu me pergunto quais são meus motivos para terminar e tenho dificuldade de pensar em algo concreto. Mas como é possível não fazer essa pergunta num relacionamento? O que existe aqui para deixar rolar? Para fazer valer? Basicamente, acho que eu ficaria melhor sem Jake, que faz mais sentido do que continuar. Não estou certa, porém. Como posso estar certa? Nunca terminei com um namorado antes.

A maioria dos relacionamentos em que estive foi como uma caixa de leite perto do prazo de validade. Chega até certo ponto e

azeda, sem provocar enjoo, mas o suficiente para se notar uma mudança no sabor. Talvez, em vez de me perguntar sobre o Jake, eu devesse questionar minha habilidade em vivenciar a paixão. Pode ser tudo minha culpa.

— Mesmo quando está frio assim, se o céu está, claro — diz Jake —, eu não me importo. Você sempre pode se agasalhar. Há algo no frio profundo que é refrescante.

— Prefiro o verão — digo. — Odeio sentir frio. Ainda temos pelo menos um mês até a primavera. Vai ser um mês longo.

— Eu vi Vênus sem telescópio certo verão.

Uma coisa tão Jake de se dizer.

— Foi uma noite perto do pôr do sol. Não seria visível da Terra novamente por mais de cem anos. Foi um alinhamento planetário muito raro envolvendo o Sol e Vênus, então dava para ver um pontinho preto minúsculo no momento em que ele passou entre a Terra e o Sol. Foi bem legal.

— Se eu te conhecesse na época, você poderia ter me avisado. Eu perdi.

— Esse é o ponto; ninguém parecia se importar. Foi tão estranho. Uma chance de ver Vênus, e a maioria das pessoas ficou vendo TV. Sem querer ofender, se é que você também estava fazendo isso.

Sei que Vênus é o segundo planeta mais próximo do Sol. Não sei muito além disso.

— Você gosta de Vênus? — pergunto.

— Claro.

— Por quê? Por que gosta dele?

— Um dia em Vênus equivale a 115 dias terrestres. Sua atmosfera é composta de nitrogênio e dióxido de carbono, e o núcleo é

de ferro. É também cheio de vulcões e lava solidificada, meio como a Islândia. Eu deveria saber a velocidade orbital, mas estaria inventando.

— Isso é muito bom – digo.

— Mas o que eu mais gosto é que, tirando o Sol e a Lua, é a coisa mais brilhante no céu. A maioria das pessoas não sabe disso.

Eu gosto quando ele fala assim. Quero ouvir mais.

— Você sempre se interessou pelo espaço?

— Não sei – diz ele. – Acho que não. No espaço tudo tem uma posição relativa. O espaço é uma entidade, ok, mas é também sem limites. É menos denso quanto mais longe você vai, mas você pode sempre continuar em frente. Não há fronteira definitiva entre o começo e o fim. Nunca vamos entender completamente ou conhecê-lo. Não podemos.

— Você acha que não?

— Matéria escura forma a maior parte da matéria, e ainda é um mistério.

— Matéria escura?

— É invisível. É toda a massa a mais que não podemos ver e que torna a formação de galáxias e as velocidades rotacionais de estrelas ao redor das galáxias matematicamente possíveis.

— Fico feliz por não sabermos tudo.

— Fica feliz?

— Por não sabermos todas as respostas, por não podermos explicar tudo isso, como o espaço. Talvez não devêssemos saber todas as respostas. Perguntas são boas. São melhores do que respostas. Se quer saber mais sobre a vida, como funcionamos, como progredimos, são as perguntas que são importantes. É o que impulsiona

e alonga nosso intelecto. Acho que as perguntas nos fazem menos solitários e mais conectados. Não é sempre questão de saber. Eu gosto de não saber. Não saber é humano. É assim que deve ser, tipo o espaço. É insolúvel, e é escuro, mas não totalmente.

Ele ri disso e eu me sinto tola por ter dito o que disse.

– Desculpe – diz ele. – Não estou rindo de você, é só que é engraçado. Nunca ouvi alguém dizer isso antes.

– Mas é verdade, não é?

– É. É escuro, mas não totalmente. É verdade. E é meio que uma boa ideia.

– Algumas das salas foram depredadas, ouvi dizer.

– Aham, tinta no chão, tinta vermelha; danos por causa da água. Sabia que ele colocou uma corrente na porta?

– Por que ele fez isso aqui?

– Para fazer alguma declaração perturbada e egoísta, talvez. Não sei.

– Ele não era do tipo vândalo, era?

– Não, mas o estranho é que ele começou a pichar algumas das paredes. Todos sabíamos que era ele. As pessoas o viram fazendo isso. Ele negava, mas se oferecia para limpar todas as vezes.

– Que esquisito.

– Essa nem é a parte esquisita.

– Quê?

– A parte estranha foi que ele escreveu a mesma coisa toda vez. A pichação. Apenas uma frase.

– Qual era?

– "Só há uma questão que precisamos resolver."

— Só há uma questão que precisamos resolver?
— Aham. É o que ele escreveu.
— Qual é a questão?
— Não faço ideia.

—~~Ainda temos um tempinho, certo?~~

—**A**inda falta um pouquinho, certo?
— Sim, um pouco mais.
— Que tal uma história?
— Uma história?
— É, para passar o tempo – digo. – Eu te conto uma história. Uma verdadeira. Uma que você nunca ouviu. É seu tipo de história, acho que você vai gostar.
Abaixo um pouco a música.
— Claro – ele diz.
— É de quando eu era mais nova, adolescente.
Olho para ele. Sentado à mesa, costuma parecer caído e desconfortável. Dirigindo, ele parece comprido demais para se encaixar confortavelmente atrás da direção, mas sua postura é boa. Sou atraída pela estatura física de Jake por meio de seu intelecto. Sua mente afiada torna a magreza atraente. Estão conectadas. Pelo menos para mim.
— Pronto – diz ele. – Hora da história.
Pigarreio de forma bem dramática.

— Ok. Eu estava protegendo minha cabeça com um jornal. Sério. Quê? Por que está sorrindo? Era uma enxurrada. Peguei o jornal de um banco vazio no ônibus. Minhas instruções tinham sido simples: chegue na casa às dez e meia e você será recebida na entrada. Disseram para mim que não precisava tocar a campainha. Está ouvindo, certo?

Ele indica que sim, ainda olhando pelo para-brisa para a estrada à frente.

— Quando cheguei lá, tive que esperar um tempinho... minutos, não segundos. Quando a porta finalmente abriu, um homem que eu nunca tinha visto enfiou a cabeça para fora. Olhou para o céu e disse algo do tipo que esperava que eu não estivesse aguardando há muito tempo. Ele estendeu a mão com a palma para cima. Parecia exausto, como se estivesse acordado havia dias. Grandes olheiras sob os olhos. Barba por fazer nas bochechas e no queixo. Cabelo desarrumado. Tentei olhar por trás dele. A porta estava ligeiramente aberta, uma fenda.

"Ele disse: 'Sou o Doug. Me dê um minuto, pegue as chaves', e me jogou as chaves, que peguei como um soco, com ambas as mãos contra o estômago. A porta bateu e fechou.

"Eu não me movi, não a princípio. Estava chocada. Quem era esse cara? Eu realmente não sabia nada sobre ele. Falamos no telefone, e foi isso. Olhei para o chaveiro de metal nas minhas mãos, que tinha uma grande letra *J*."

Eu paro. Olho para Jake.

— Você parece entediado — digo. — Sei que estou incluindo muitos detalhes, mas eu me lembro deles, e estou tentando contar direito uma história. É estranho que eu me lembre desses detalhes? É entediante eu estar te contando tudo?

— Só conte a história. Basicamente, toda lembrança é ficção, e bastante editada. Então apenas continue.

— Não sei se concordo com isso, sobre a memória. Mas entendo o que quer dizer — digo.

— Continue. Estou ouvindo.

— Foram outros oito minutos, pelo menos duas checadas no relógio, até Doug reaparecer. Ele caiu no banco do passageiro com um grande suspiro. Havia trocado de roupa, vestiu seu jeans azul gasto com buracos nos joelhos e uma camisa xadrez. Os bancos no carro estavam sarapintados com pelo laranja de gato. Tinha pelo de gato por todo lado.

— Sarapintado.

— Sim, completamente sarapintado. Ele também usava um boné de beisebol preto, virado para trás, com a palavra *Nucleus* bordada na parte da frente numa letra cursiva branca. Ele parecia se adequar mais a ficar sentado do que de pé ou andando.

"Ele não disse nada, então comecei a rotina que vinha praticando com meu pai. Deslizei o banco para a frente, ajustei o espelho retrovisor três vezes e conferi se o freio de mão estava solto. Posicionei minhas mãos na direção e acertei minha postura.

"'Não gosto da chuva', Doug disse. Foi a primeira coisa que disse no carro. Nada sobre instruções ou quanto tempo eu treinava. Eu podia ver quão tímido e quase nervoso ele estava, agora que estávamos juntos no carro. O joelho dele balançava para cima e para baixo. 'Tem algum lugar em que você queira que eu comece?', perguntei. 'É a chuva', ele disse, 'meio que estraga tudo. Acho que vamos ter que esperar.' Usando apenas sinais de mão, Doug me orientou a parar na primeira vaga à nossa esquerda. Era

o estacionamento de um café. Ele perguntou se eu queria alguma coisa, café ou chá, e eu disse a ele que estava bem. Por um tempo ficamos ali sentados sem conversar, ouvindo a chuva no carro. O motor ainda estava ligado para impedir que as janelas embaçassem, e deixei os limpadores ligados em velocidade baixa. 'Então, quantos anos você tem?', perguntou. Ele achava que talvez dezessete ou dezoito. Eu disse a ele dezesseis.

"'Já é bastante', foi o que ele disse. Suas unhas eram como minipranchas de surfe, longas e estreitas, minipranchas de surfe sujas. Suas mãos eram como as de um artista, um escritor, não um instrutor de direção."

— Se precisar de uma pausa da história para engolir, piscar ou respirar, vá em frente — disse Jake. — Você é como a Meryl Streep, totalmente comprometida com seu papel.

— Vou respirar quando terminar — respondo. — Ele mencionou novamente que dezesseis não era jovem, e que idade era um estranho e impreciso árbitro da maturidade. Então abriu o porta-luvas e tirou um pequeno livro. "Quero ler uma coisa para você", ele disse, "se não se importar, já que estamos esperando e tudo mais." Ele perguntou se eu sabia algo sobre Jung. Eu disse que não muito, o que não era totalmente verdade.

— Seu instrutor de autoescola era um junguiano?

— Aguenta aí. Ele levou um momento para encontrar o trecho do livro. Pigarreou e então leu essa frase para mim: "O sentido de minha existência é que a vida dirigiu uma questão para mim. Ou, ao contrário, eu mesmo sou uma questão que é dirigida ao mundo, e preciso comunicar minha resposta, do contrário, sou dependente da resposta do mundo."

— Você decorou isso?

— Sim.

— Como?

— Ele me deu o livro. Eu guardei. Ainda tenho em algum lugar. Ele estava num clima de presentear naquele dia. Disse que experiência não era boa apenas para dirigir, mas para tudo. "Experiência vence idade", ele disse. "Precisamos encontrar formas de experiência porque é assim que aprendemos, é assim que conhecemos."

— Que lição esquisita.

— Eu perguntei por que ele gostava de ensinar a dirigir. Ele disse que não era sua primeira escolha de trabalho, mas que precisou aceitar por motivos práticos. Disse que foi aos poucos aprendendo a gostar de ficar sentado num carro conversando com os outros. Disse que gostava de quebra-cabeça. Disse também que gostava de dirigir e conduzir outra pessoa como uma metáfora. Ele me lembrava o Gato de Cheshire de *Alice no País das Maravilhas*, só que numa versão tímida do gato.

— Que engraçado — diz Jake.

— O quê?

— Eu fiquei nessa de Jung por um tempo também. Para nos conhecermos, realmente precisamos nos questionar. Sempre gostei dessa ideia. Enfim, foi mal. Continue.

— Certo. Enquanto esperávamos, ele vasculhou o bolso e puxou duas balas de aspecto estranho. "Fique com essa", ele disse, apontando para uma delas. "Guarde para outro dia de chuva." Ele pegou a outra bala e abriu o papel brilhante. Apertou entre os dedos, partindo em duas. Depois me ofereceu o pedaço maior.

— Você comeu? – perguntou Jake. – Não é esquisito que esse cara tenha te oferecido bala? E você não ficou com nojo de ele ter encostado nela?

— Estou chegando lá. Mas, sim, foi esquisito. E, sim, fiquei com nojo. Mas comi.

— Prossiga.

— Não tinha gosto de nada. Eu mexi a bala de um lado para outro na língua, tentando decidir se era ao menos doce. Não conseguia dizer se era boa ou ruim. Ele me disse que ganhou as balas de uma de suas alunas. Disse que a aluna tinha viajado para algum lugar na Ásia e que eram as balas mais populares por lá. Disse que a aluna adorava, mas ele não achava nada de mais. Ele estava mastigando a bala, mordendo-a.

"De repente, comecei a sentir o gosto. Um sabor inesperado, uma acidez. Não era ruim. Comecei a gostar. Ele me disse: 'Você ainda não sabe a parte mais interessante. Todos os papéis dessas balas têm impressas algumas frases em inglês. Elas foram traduzidas literalmente, então não fazem muito sentido.' Ele tirou o papel do bolso e desdobrou para mim.

"Li em voz alta as palavras impressas no interior. Eu me lembro delas, palavra por palavra: *Você é o novo homem. Que delícia não esquecer, gosto especial. Devolva a volta do sabor.*

"Reli essas frases algumas vezes, para mim mesma, depois mais uma vez em voz alta. Ele me disse que abria as balas de tempos em tempos, não para comer, mas porque gostava de ler os versos, pensar neles, entendê-los. Ele disse que não era muito de poesia, mas essas frases eram tão boas quanto qualquer poema que tivesse lido. E disse: 'Há coisas na vida, não muitas, que são reais,

curas certas para dias de chuva, para a solidão. Quebra-cabeças são assim. Cada um precisa resolver o seu próprio.' Nunca vou me esquecer dele dizendo isso."

— É memorável. Eu também não esqueceria.

— Àquela altura, já estávamos no estacionamento fazia mais de vinte minutos e ainda não havíamos, de fato, dirigido nada. Ele me disse que a aluna que havia lhe dado as balas era única, que era uma negação no volante, uma motorista terrível. Disse que não importava quais dicas ele dava ou se repetia todos os pontos seguidamente, ela não conseguia acertar. Ele disse que sabia desde a primeira aula que ela nunca passaria no teste de direção, que era a pior motorista do mundo. Dar aulas a ela era sem sentido e no limite do perigoso.

"Ele disse que, independentemente disso, ficava ansioso por essas aulas, e que tinha longas, longas conversas com essa menina, discussões completas. Ele contava sobre algumas das coisas que estava lendo, e ela fazia o mesmo. Era uma coisa que ia e vinha. Ele disse que às vezes ela dizia coisas que o deixavam embasbacado."

— Tipo o quê? – pergunta Jake. Posso ver que, apesar de concentrado na direção, ele está ouvindo e alerta. Está entretido na história, mais do que achei que ficaria.

Meu telefone toca. Eu o arranco da bolsa, que está no chão perto dos meus pés.

— Quem é? – pergunta Jake.

Vejo meu próprio número no visor.

— Ah, só uma amiga. Não preciso atender.

— Bom. Continue com a história.

Por que ele está ligando de novo? O que ele quer?

– Certo – digo, colocando o telefone de volta na bolsa e voltando à história. – Então tá. Um dia, do nada, essa aluna contou ao instrutor de direção que ela dava o melhor beijo do mundo. Ela simplesmente contou isso a ele, como se achasse que ele deveria saber. Ela estava muito certa disso, e ele disse que ela era bem convincente.

Jake reajustou suas mãos na direção e sentou-se ainda mais reto. Ouvi meu telefone dar um sinal, indicando que uma mensagem havia sido deixada.

– Ele me disse que sabia que era estranho falar sobre isso. Talvez ele tenha até se desculpado, admitindo que nunca havia contado a ninguém esse detalhe. Ela jurou que esse talento a tornava mais poderosa do que dinheiro, ou inteligência, ou qualquer outra coisa. O fato de ela ter o melhor beijo do mundo a fazia ser o centro do universo, nas palavras dela.

"Ele olhava para mim, aguardando por uma resposta, para que eu dissesse algo. Eu não sabia o que dizer. Então disse o que tinha em mente, que beijar envolve duas pessoas. Que você não pode ser uma pessoa no singular e ter o melhor beijo. É uma ação que requer dois. 'Então, sério', eu disse, 'você só seria o melhor se a outra pessoa também fosse a melhor, o que é impossível.' E também disse: 'Não é como tocar guitarra ou algo assim, onde você está sozinho e sabe que é bom nisso. Não é um ato solitário. É preciso que haja dois melhores.'

"Minha resposta pareceu incomodá-lo. Ele ficou visivelmente chateado. Não gostava da ideia de que sozinho você não poderia ter o melhor beijo, que se dependia do beijo de outro. Então ele

disse: 'Isso é demais para superar.' Ele disse que isso significaria que nós sempre precisaríamos de outro alguém. Mas e se não houvesse outro alguém? E se estivéssemos todos sozinhos?

"Eu não sabia o que dizer. Então, ele meio que surtou, como se estivéssemos numa discussão. E disse: 'É idiota tentar esperar a chuva passar.' Ele me mandou pegar a direita para fora do estacionamento. Foi tão estranho. E indicou aonde eu deveria ir com várias mexidas de cabeça. Depois disso, ficou quieto."

– Interessante – diz Jake.

– Estou quase acabando.

– Prossiga.

– Pelo resto da aula, Doug ficou se remexendo no banco e pareceu desinteressado em qualquer coisa relacionada a dirigir. Ele oferecia alguns conselhos básicos sobre técnica de direção, mas na maior parte do tempo olhava pelo para-brisa. Essa foi minha primeira e última aula de direção.

"Como ainda chovia, ele disse que me deixaria em casa, para que eu não precisasse esperar pelo ônibus. Bem pouco foi dito. Quando chegamos à minha casa, parei na parte da frente e disse a ele que continuaria praticando com meu pai. Ele disse que era uma boa ideia. Eu o deixei lá e corri para dentro.

"Cerca de um minuto depois, não levou muito tempo, eu voltei para fora. Ele ainda estava no carro. Ele havia se movido para o banco do motorista e tinha ambas as mãos na direção. O banco ainda estava ajustado para mim, assim como o espelho. Ele estava bem apertado. Fiz sinal para que abaixasse a janela. Ele deslizou o banco para trás antes de rolar a janela para baixo. Ainda era normal não ter vidros elétricos.

"Antes que chegasse até embaixo, deslizei minha cabeça para dentro do carro e coloquei a mão suavemente no seu ombro esquerdo. Meu cabelo estava encharcado. Eu tinha que deixar claro. Disse a ele que fechasse os olhos por um segundo. Meu rosto estava próximo do dele. Ele fechou. Ele fechou os olhos e meio que se inclinou em minha direção. Então..."

– Quê? Não acredito que você fez isso – disse Jake. – Que diabos passou na sua cabeça?

Foi a coisa mais enérgica que já vi do Jake. Ele está chocado, quase bravo.

– Não sei. Só senti que precisava fazer.

– Isso não parece nada com você. Viu o cara depois disso?

– Não, não vi. Foi só isso.

– Hum – diz Jake. – É preciso uma segunda pessoa para ter o melhor beijo? Que interessante. É o tipo de coisa que pode ficar com você, com a qual você pode pensar e se obcecar.

Jake ultrapassa a picape que está em câmera lenta à nossa frente. É preta, velha. Estamos seguindo essa caminhonete há um tempo, basicamente durante toda a história. Tento ver o motorista enquanto passamos, mas não consigo. Não apareceram muitos carros enquanto estávamos na estrada.

– O que quis dizer quando falou que toda memória é ficção? – pergunto.

– A memória é única cada vez que é relembrada. Não é absoluta. Histórias baseadas em fatos reais normalmente têm mais a ver com ficção do que com fatos. Tanto ficção quanto memórias são relembradas e recontadas. Ambas são formas de histórias. Histó-

rias são a forma como aprendemos. Histórias são como entendemos uns aos outros. Mas a realidade acontece apenas uma vez.

É assim que me sinto mais atraída por Jake. Agora mesmo. Quando ele diz coisas como "a realidade acontece apenas uma vez".

— É estranho quando você começa a pensar nisso. Vemos um filme e entendemos que não é real. Sabemos que são pessoas atuando, recitando falas. Ainda assim nos afeta.

— Então está dizendo que não importa se a história que acabei de contar é inventada ou aconteceu de fato?

— Toda história é inventada. Até as reais.

Outra frase clássica do Jake.

— Vou ter que pensar sobre isso.

— Conhece aquela música "Unforgettable"?

— Sim – respondo.

— Quanto é realmente inesquecível?

— Não sei. Não tenho certeza. Mas gosto da música.

— Nada. Nada é inesquecível.

— Quê?

— Essa é a questão. Parte de tudo sempre será esquecível. Não importa quão bom ou notável seja. Literalmente tem que ser. Para ser.

— Essa é a questão?

— Pare – diz Jake.

Não estou certa do que dizer. Não estou certa de como responder.

Por um tempo, ele não diz mais nada. Apenas mexe no cabelo, enrolando uma mecha atrás da cabeça ao redor do dedo indi-

cador, da forma como ele faz, da forma como eu gosto. Então, depois de um tempinho, ele olha para mim.

– O que diria se eu te dissesse que sou o ser humano mais inteligente da Terra?

– Como?

– Falo sério. E isso é relevante para sua história. Apenas responda.

Acho que estamos dirigindo há cinquenta minutos, provavelmente mais. Está escurecendo lá fora. Não há luzes no carro, além do painel e do rádio.

– O que eu diria?

– É. Você riria? Me chamaria de mentiroso? Ficaria brava? Ou apenas questionaria a racionalidade de uma declaração tão atrevida?

– Acho que eu diria "Como?".

Jake ri disso. Não uma risada solta, mas discreta, sincera, contida, o tipo de risada do Jake.

– Sério. Estou dizendo. Você me ouviu claramente. O que responderia?

– Bem, o que está querendo dizer é que você é o homem mais inteligente da Terra?

– Incorreto. O *ser humano* mais inteligente. E não estou dizendo que *sou*; estou me perguntando como você responderia *se* eu dissesse isso. Pode pensar.

– Jake, qual é?

– Estou falando sério.

– Acho que diria que você está falando merda.

– Sério?

– É. O ser humano mais inteligente da Terra? Isso é ridículo por tantos motivos.

– Quais são os motivos?

Eu levanto a cabeça, que estava descansando em minhas mãos, e olho ao redor, como se houvesse uma plateia presente. Borrões de árvores passam pela janela.

– Tá, me deixa fazer uma pergunta. Você acha que é o ser humano mais inteligente?

– Isso não é uma resposta. É uma pergunta.

– E tenho permissão para responder na forma de pergunta.

Sei que estou me abrindo à óbvia piada do programa *Jeopardy!* ao falar isso, mas Jake não a faz. Claro que não faz.

– Por que é impossível que eu seja o ser humano mais inteligente da Terra além de apenas dizer que isso é loucura?

– Não sei nem por onde começar.

– Essa é a questão. Você simplesmente supõe que é exagero demais para ser real. Não pode conceber que alguém que você conhece, algum cara normal ao seu lado, no carro, seja a pessoa mais inteligente. Mas por que não?

– Porque o que quer dizer com inteligente? Conhece mais livros do que eu? Talvez. Mas e quanto a construir uma cerca? Ou saber quando perguntar a alguém como se sente, ou sentir compaixão, ou saber como viver com os outros, conectar-se com outras pessoas? Empatia é uma grande parte da inteligência.

– Claro que é – diz ele. – É tudo parte da minha pergunta.

– Certo. Mas, ainda assim, não sei, quero dizer, como poderia haver uma pessoa mais inteligente?

– Tem que haver. Qualquer algoritmo que se crie, ou seja lá o que se decida que constitui a inteligência, alguém tem que cor-

responder a esse critério mais do que os outros. Alguém tem de ser o mais inteligente do mundo. E que fardo isso é. Realmente é.

– O que isso importa? Uma pessoa mais inteligente?

Ele se inclina na minha direção.

– A coisa mais atraente do mundo é uma combinação de confiança e autoconsciência. Misturadas na medida certa. Muito das duas coisas e tudo é perdido. E você estava certa, sabe.

– Certa? Sobre o quê?

– Sobre o melhor beijo. Felizmente, não se pode ter o melhor beijo sozinho. Não é como ser o mais inteligente.

Ele se inclina para trás, reforça as mãos no volante. Eu olho pela janela.

– E qualquer hora que você queira ter uma competição de construir cercas, é só me avisar – diz.

Ele não me deixou terminar a história. Eu não beijei Doug depois de nossa aula. Jake supôs. Ele supôs que eu tenha beijado Doug. Mas um beijo precisa de duas pessoas que queiram beijar, ou é outra coisa.

Eis o que realmente aconteceu. Voltei ao carro naquela vez. Eu me inclinei na janela e abri a mão, revelando o minúsculo papelzinho de bala, aquele que Doug me deu. Eu desamassei e li:

Meu coração, só meu coração com suas ondas batendo de música, anseia tocar esse mundo verde do dia ensolarado. Olá!

Ainda tenho a embalagem de bala em algum lugar. Guardei. Não sei por quê. Depois de ler essas frases para Doug, eu me virei e corri de volta para casa. Nunca mais o vi.

— Ele tinha chaves. Não estava marcado para estar aqui, mas tinha as chaves. Ele podia fazer o que quisesse.

— Não deveria ter sido feito algum reenvernizamento durante as férias?

— Sim, mas isso aconteceu bem no começo das férias. Para que o verniz tivesse tempo de secar. O cheiro do verniz pode ser bem forte.

— Tóxico?

— Novamente, não tenho certeza. Talvez, se for tudo o que você estiver respirando.

— Vamos ver algum resultado da necropsia?

— Posso procurar isso.

— Foi... desagradável?

— Dá pra imaginar.

— Sim.

— Não devíamos entrar em detalhes agora.

— Ouvi dizer que eles encontraram um aparato de respirar, uma máscara de gás, perto do corpo.

— Sim, mas era antiga. Não está claro se ainda funcionava.
— Há muito que não sabemos sobre o que realmente aconteceu lá.
— E a única pessoa que poderia nos contar se foi.

Jake começou a falar sobre envelhecer. Por essa eu não esperava. Não é um assunto que já tenhamos discutido antes.

– É apenas uma dessas coisas culturalmente malcompreendidas.

– Mas você acha que envelhecer é bom?

– Acho. Primeiro de tudo, é inevitável. Só parece negativo por causa de sua obsessão intensa pela juventude.

– É, eu sei. É tudo positivo. Mas e quanto à sua beleza de menino? Pode dar adeus a isso. Está preparado para ser gordo e careca?

– O que quer que a gente perca fisicamente enquanto envelhece vale a pena, dado o que ganhamos. É uma troca justa.

– É, é, estou contigo. Eu de fato quero ser mais velha. Fico feliz em envelhecer. Sério.

– Fico esperando alguns cabelos brancos. Algumas rugas. Gostaria de ter algumas linhas de riso. Acho que, mais do que tudo, quero ser eu mesmo – diz ele. – Quero ser. Quero ser eu.

– Como?

— Quero entender a mim mesmo e reconhecer como os outros me enxergam. Quero estar confortável comigo mesmo. Como eu alcanço isso é quase menos importante, certo? Significa algo conseguir chegar no próximo ano. É significativo.

— Acho que é por isso que tantas pessoas se apressam para casar e permanecem num relacionamento de merda, independentemente de idade, porque não estão confortáveis em ficar sozinhas.

Não posso dizer isso ao Jake e não digo, mas talvez seja melhor ficar só. Por que abandonar a rotina que cada um de nós domina? Por que abrir mão da oportunidade de tantos relacionamentos diversos em troca de um? Há muita coisa boa em formar um casal, entendo, mas é *melhor*? Quando estou solteira, tendo a focar o quanto a companhia de alguém melhoraria minha vida, aumentaria minha felicidade. Mas será que isso acontece?

— Você se importa se eu abaixar isso um pouco? — pergunto, ajustando o rádio antes de esperar pela resposta dele. Já abaixei várias vezes durante a viagem; Jake continua aumentando de volta. Talvez ele seja um pouco surdo. Pelo menos às vezes. É como todos esses tiques distraídos dele — estão lá às vezes, mas outras vezes nem tanto.

Certa noite, tive dor de cabeça. Estávamos conversando ao telefone e ele planejava me encontrar em casa para ficar comigo. Pedi para ele me trazer um Advil. Não tinha certeza se ele se lembraria, mesmo eu tendo repetido. Era uma dessas fortes dores de cabeça que tenho tido recentemente. Supus que ele fosse esquecer. Jake esquece das coisas. Ele pode ser um pouco do clichê do professor avoado.

Quando ele chegou à minha casa, eu não disse nada sobre os comprimidos. Não queria que ele se sentisse mal por ter esquecido. Ele também não disse nada. Não a princípio. Estávamos falando sobre outra coisa de que não me lembro, e ele simplesmente disse do nada:

– Seus comprimidos.

Enfiou a mão no bolso. Precisou endireitar as pernas para que a mão entrasse. Eu o observei.

– Aqui – disse ele.

Ele não tirou apenas dois comprimidos do bolso. Ele me passou uma bola de lenço de papel, toda enrolada e selada com um pedacinho de fita. O pacote parecia um grande Kiss da Hershey's. Eu tirei a fita. Dentro estavam meus comprimidos. Três. Um a mais, caso eu precisasse.

– Valeu – eu disse. Fui pegar água. Não disse nada a Jake, mas para mim o pacote foi significativo. Proteger os comprimidos dessa forma. Ele não teria feito isso para si mesmo.

Isso me balançou um pouco, me fez repensar as coisas. Eu ia terminar com ele naquela noite – talvez. Era possível que fosse. Eu não planejava. Mas poderia ter acontecido. Mas ele colocou meus comprimidos no lenço.

Pequenas ações críticas são suficientes? Pequenos gestos nos fazem sentir bem, em relação a nós mesmos, em relação aos outros. Pequenas coisas nos conectam. Elas parecem tudo. Muito depende delas. Não é diferente de religião e Deus. Nós acreditamos em certas construções que nos ajudam a entender a vida. Não apenas a entender, mas a obter conforto. A ideia de que somos melhores ao lado de uma pessoa pelo resto de nossas vidas não

é uma verdade inata da existência. É uma crença que desejamos ser verdadeira.

Abrir mão da solidão, da independência, é um sacrifício bem maior do que muitos de nós percebem. Dividir um hábitat, uma vida, é certamente mais difícil do que estar sozinho. Na verdade, viver a dois parece praticamente impossível, não é? Encontrar outra pessoa para passar toda sua vida? Envelhecer e mudar? Ver todo dia, responder a seus ânimos e necessidades?

É engraçado Jake ter trazido essa questão da inteligência antes, sua pergunta sobre o ser humano mais inteligente do mundo. É como se ele soubesse que andei pensando nisso. Andei pensando em todas essas coisas. A inteligência é sempre boa? Eu me pergunto. E se a inteligência for desperdiçada? E se a inteligência gerar mais solidão do que satisfação? E se em vez de produtividade e clareza isso gerasse dor, isolamento e arrependimento? Tem rondado bastante minha mente, a inteligência de Jake. Não apenas agora. Tenho pensado nisso há um tempo.

Sua inteligência inicialmente me atraiu, mas, num relacionamento sério, é algo bom para mim? Seria mais fácil ou mais difícil viver com alguém menos inteligente? Falo de longo prazo aqui, não apenas alguns meses ou anos. Lógica e inteligência não têm relação com generosidade e empatia. Ou têm? Não a inteligência dele, de todo modo. Ele é um pensador literal, linear, intelectual. Como isso torna trinta, quarenta ou cinquenta anos juntos mais atraente?

Eu me viro para ele.

— Sei que você não gosta de falar sobre coisas de trabalho, mas nunca vi seu laboratório. Como é?

— Como assim?
— É difícil visualizar onde você trabalha.
— Imagine um laboratório. É basicamente isso.
— Tem cheiro de produto químico? Muita gente por lá?
— Não sei. Acho que sim, tem, geralmente.
— Mas você não tem problemas em se distrair ou concentrar?
— Geralmente é tranquilo. De tempos em tempos há um incômodo aqui e ali, alguém conversando no telefone ou rindo. Uma vez precisei fazer "shhh" para um colega. Isso nunca é divertido.
— Sei como você é quando fica focado.
— Nessas horas não quero nem ouvir o relógio.

Acho que esse carro deve estar empoeirado, ou talvez seja só a ventilação. Mas meus olhos parecem secos aqui. Ajusto o ventilador, mirando totalmente para o chão.

— Faça um tour virtual comigo.
— Do laboratório?
— Sim.
— Agora?
— Dá pra fazer isso e dirigir. O que você me mostraria se eu te visitasse no trabalho?

Por um tempo ele não diz nada. Apenas olha para a frente, através do para-brisa.

— Primeiro, eu te mostraria a sala de cristalografia de raios X.
— Ele não olha para mim enquanto fala.
— Ok. Bom.

Sei que o trabalho dele envolve cristais de gelo e proteína. E meio que só isso. Sei que trabalha num pós-doutorado e na tese.

— Eu te mostraria dois robôs de cristalização que permitem que vejamos uma grande área de cristalização, usando volumes de submicrólitos de proteínas recombinantes difíceis de expressar.

— Viu só? Gosto de ouvir isso.

Gosto mesmo.

— Você provavelmente se interessaria pela sala de microscópio, onde há a montagem de nossos microscópios TIRF de três cores, ou reflexão de fluorescência interna total, assim como o microscópio de disco giratório que permite que rastreemos precisamente moléculas isoladas fluorescentemente marcadas, seja *in vitro* ou *in vivo*, com precisão nanométrica.

— Prossiga.

— Eu te mostraria nossas incubadoras de temperatura controlada nos quais cultivamos grandes volumes, mais de vinte litros, de culturas de levedura e *E. coli* que foram geneticamente modificadas para superexpressar uma proteína de nossa escolha.

Conforme ele fala, eu estudo seu rosto, seu pescoço, suas mãos. Não posso evitar.

— Eu te mostraria nossos dois sistemas — AKTA FPLC, cromatografia líquida de alta performance — que permitem que purifiquemos qualquer proteína, rápida e precisamente, usando qualquer combinação de afinidade, troca de íons e cromatografias de permeação em gel.

Quero beijá-lo enquanto ele dirige.

— Eu te mostraria a sala de cultura de tecidos, onde cultivamos e mantemos várias linhas de células mamíferas, seja para transfixação de genes específicos ou colheita de lise celular...

Ele faz uma pausa.

— Continue — digo. — Então?

— Então eu sinto que você ficaria entediada e sentiria vontade de ir embora.

Eu poderia dizer algo para ele agora mesmo. Estamos sozinhos no carro. É o momento perfeito. Poderia dizer que andei pensando sobre um relacionamento no contexto de apenas eu e o que tudo significa para mim. Ou poderia perguntar se isso é irrelevante, considerando que um relacionamento não pode ser compreendido fatiado no meio. Ou poderia ser completamente sincera e dizer: "Eu estou pensando em acabar com tudo." Mas não digo. Não digo nada disso.

Talvez ir conhecer seus pais, ver de onde ele vem, onde cresceu, talvez isso me ajude a decidir o que fazer.

— Obrigada — digo. — Pelo tour.

Eu o observo dirigir. Por enquanto. Aquele cabelo bagunçado, levemente encaracolado. Aquela puta postura elegante. Penso naqueles três comprimidinhos. Aquilo muda tudo. Foi tão legal da parte dele embrulhá-los para mim.

NÓS NOS CONHECÍAMOS havia apenas duas semanas quando Jake saiu da cidade por duas noites. Havíamos nos visto e conversado quase todo dia desde o encontro. Ele me ligava. Eu mandava mensagem de texto. Mas aprendi que ele odiava mensagens de texto. Ele podia mandar uma mensagem, duas, no máximo. Se a conversa fosse em frente, ele ligava. Ele gosta de conversar e escutar. Aprecia o discurso.

Foi estranho ficar sozinha novamente nesses dois dias enquanto ele estava fora. Era como eu estava acostumada antes, mas, depois, pareceu insuficiente. Senti falta dele. Senti falta de estar com outra pessoa. É cafona, eu sei, mas senti como se uma parte de mim tivesse ido embora.

Conhecer alguém é como montar um quebra-cabeça sem fim. Nós encaixamos as menores peças primeiro e nos conhecemos melhor no processo. Os detalhes que sei sobre Jake – que ele gosta de carne bem passada, que evita usar banheiros públicos, que odeia quando as pessoas cutucam os dentes com as unhas depois de uma refeição – são triviais e inconsequentes comparados às verdades maiores que levam tempo para se revelar de fato.

Depois de passar tanto tempo sozinha, comecei a sentir como se conhecesse bem o Jake, muito bem. Se você se encontra com alguém constantemente, como Jake e eu depois de apenas duas semanas, tudo começa a parecer... intenso. Foi intenso. Pensava nele o tempo todo naquelas primeiras semanas, mesmo quando não estávamos juntos. Tivemos muitas longas conversas enquanto sentávamos no chão, ou deitávamos no sofá, ou na cama. Podíamos conversar por horas. Um de nós começando um tema, o outro dando continuidade. Fazíamos perguntas um ao outro, discutíamos, debatíamos. Não era apenas concordar o tempo todo. Uma pergunta sempre levava a outra. Certa vez passamos uma noite em claro conversando. Jake era diferente de todo mundo que já conheci. Nossa ligação era única. É única. Ainda acho isso.

– Estou tentando restaurar um equilíbrio crítico – diz Jake. – Isso é algo em que tenho pensado no trabalho ultimamente. Equilíbrio crítico é necessário em tudo. Eu pensava sobre isso na

cama outra noite. Tudo é tão... delicado. Pegue como exemplo algo como alcalose metabólica (um aumento bem sutil no nível de pH do tecido, que tem a ver com um pequeno toque em concentração de hidrogênio). É tão... é tudo extremamente sutil. É apenas um exemplo, e ainda assim é vital. Há tantas coisas assim. Tudo é impossivelmente frágil.

– Muitas coisas são, sim – digo. Como tudo em que tenho pensado.

– Em alguns dias, uma corrente passa por mim. Há uma energia em mim. E você. É algo digno de se notar. Isso faz algum sentido? Desculpe, estou viajando.

Tirei os pés dos sapatos e os coloquei para cima, descansando no painel na minha frente. Eu me inclino para trás no banco. Sinto como se pudesse cochilar. É o ritmo das rodas na estrada, o movimento. Dirigir tem esse efeito anestésico em mim.

– O que quer dizer com corrente? – pergunto, fechando os olhos.

– Apenas como parece. Você e eu – diz ele. – A velocidade singular de fluxo.

– VOCÊ JÁ FICOU DEPRIMIDO ou algo assim? – pergunto.

Nós acabamos de fazer o que pareceu uma virada significativa. Estávamos na mesma estrada havia um tempo. Viramos num sinal de pare, não um semáforo. Esquerda. Não há semáforos por aqui.

– Desculpe, isso veio do nada. Eu só estava pensando.

– Sobre o quê?

... 71

Por anos minha vida foi plana. Não sei de que outra forma descrever. Nunca tinha admitido isso antes. Não estou deprimida, acho que não. Não é isso que estou dizendo. Apenas plana, indiferente. Muitas coisas pareceram acidentais, desnecessárias, arbitrárias. Está faltando uma dimensão. Algo parece faltar.

– Às vezes me sinto triste por nenhum motivo aparente – comento. – Isso acontece com você?

– Não particularmente, acho que não – ele diz. – Eu costumava me preocupar quando era criança.

– Preocupar?

– É, como me preocupava com coisas insignificantes. Algumas pessoas, estranhos, podiam me preocupar. Eu tinha dificuldade em dormir. Tinha dor de estômago.

– Quantos anos você tinha?

– Novo. Talvez oito, nove. Quando ficava ruim, minha mãe fazia o que ela chamava de "chá de criança", que era basicamente leite e açúcar, e então sentávamos e conversávamos.

– Sobre o quê?

– Geralmente sobre o que me preocupava.

– Você se lembra de algo específico?

– Eu nunca me preocupei com a morte, mas me preocupava com pessoas da minha família morrendo. Eram basicamente medos abstratos. Por um tempo eu me preocupei que meus membros pudessem cair.

– Sério?

– É, tínhamos um rebanho na nossa fazenda, ovelhas. Poucos dias depois da ovelha nascer, meu pai colocava elásticos ao redor do rabo. Eram bem apertados, o suficiente para parar o fluxo san-

guíneo. Após alguns dias, o rabo simplesmente caía. Não é doloroso para a ovelha; elas nem sabem o que está acontecendo.

"De vez em quando, quando criança, eu saía pelo campo e encontrava um rabo caído de ovelha. Ficava pensando se poderia acontecer a mesma coisa comigo. E se as mangas da minha camisa ou um par de meias estivessem um pouco apertados demais? E se eu dormisse de meias e acordasse no meio da noite e meu pé tivesse caído? Isso fazia com que eu me preocupasse também sobre o que é importante. Tipo, por que o rabo não é uma parte importante da ovelha? Quanto de você pode cair antes que algo importante seja perdido? Certo?"

– Entendo como pode ser incômodo.

– Desculpe. Foi uma resposta bem longa para sua pergunta. Então, para responder, eu diria que não, não estou deprimido.

– Mas triste?

– Claro.

– Qual é... qual é a diferença?

– Depressão é uma doença séria. É fisicamente dolorosa, debilitante. E não dá para decidir superar, da mesma forma que não dá para decidir superar o câncer. A tristeza é uma condição humana normal, não é diferente da felicidade. Você não pensaria na felicidade como doença. Tristeza e felicidade precisam uma da outra. Para existir, cada uma depende da outra, é o que quero dizer.

– Parece que mais gente, se não está deprimida, está infeliz hoje em dia. Concorda?

– Não sei se diria isso. Parece que há mais oportunidade para refletir sobre tristeza e sentimentos de inadequação, e também sobre a pressão de estar feliz o tempo todo. O que é impossível.

— É isso que quero dizer. Vivemos numa época triste, o que não faz sentido para mim. Por que isso? Não há mais gente triste por aí do que costumava haver?

— Há muita gente pela universidade, alunos e professores, cuja maior preocupação a cada dia... não estou exagerando... é como queimar a quantidade certa de calorias para seu tipo físico específico, baseado em dieta e uma quantidade árdua de exercícios. Pense nisso no contexto da história humana. Bastante triste.

"Há algo sobre modernidade e o que valorizamos agora. Nossa mudança na moralidade. Há uma falta de compaixão generalizada? De interesse nos outros? Em conexões? Está tudo relacionado. Como devemos alcançar uma sensação de significância e propósito sem sentir uma ligação com algo maior do que nossas próprias vidas? Quanto mais penso nisso, mais parece que felicidade e realização dependem da presença de outros, mesmo que seja apenas um outro. Da mesma maneira que a tristeza requer felicidade, e vice-versa. Sozinho é..."

— Entendo o que quer dizer – digo.

— Há um antigo exemplo que é usado na filosofia elementar. É sobre contexto. É assim: Todd tem uma pequena planta em seu quarto com folhas vermelhas. Ele decide que não gosta da aparência dela e quer que a planta se pareça com as outras da casa. Então ele cuidadosamente pinta cada folha de verde. Quando a tinta seca, não dá para ver que a planta foi pintada. Apenas parece verde. Está me acompanhando?

— Sim.

— No dia seguinte ele recebe uma ligação de uma amiga. Ela é botânica, e pergunta se ele tem uma planta verde que possa pe-

gar emprestada para fazer alguns testes. Ele diz que não. No dia seguinte, outro amigo, desta vez um artista, pergunta se ele tem uma planta verde que possa usar como modelo para uma nova pintura. Ele diz que sim. Ele recebeu a mesma pergunta duas vezes e deu respostas opostas, e em todas as vezes foi sincero.

– Entendo o que quer dizer.

Outra virada, desta vez numa encruzilhada.

– Tenho a impressão de que no contexto de vida e existência e pessoas e relacionamentos e trabalho, ser triste é uma resposta correta. É verdadeira. Ambas são respostas certas. Quanto mais dizemos a nós mesmos que deveríamos tentar ser sempre felizes, que a felicidade é um fim em si, pior fica. E, por sinal, isso não é um pensamento original nem nada. Sabe que não estou tentando ser brilhante agora, certo? Estamos apenas falando.

– Estamos nos comunicando – digo. – Estamos pensando.

É MEU TELEFONE QUE QUEBRA O SILÊNCIO, tocando na minha bolsa. Novamente.

– Desculpe – digo, me esticando para pegá-lo. É meu número na tela. – Minha amiga de novo.

– Talvez você devesse atender desta vez.

– Não estou a fim de falar. Ela vai acabar parando de ligar. Tenho certeza de que não é nada.

Coloco o telefone na bolsa, mas pego novamente quando toca. Duas novas mensagens. Desta vez fico feliz que o volume do rádio esteja alto. Não quero que Jake escute as mensagens. Mas, na primeira delas, o cara da Chamada não está falando. São

apenas sons, ruídos, água correndo. Na segunda, é mais água correndo, e posso ouvi-lo caminhando, passos e algo que soa como dobradiças, uma porta fechando. É ele. Tem que ser.

— Alguma coisa importante? — pergunta Jake.

— Não. — Torço para soar casual, mas posso sentir meu rosto mais quente.

Terei que lidar com isso quando voltarmos, contar a alguém, a qualquer um, sobre a Chamada. Mas agora, se eu contar algo a Jake, vou ter que lhe contar que andei mentindo. Não dá para continuar. Não assim. Não mais. A água correndo continua. Não sei por que ele está fazendo isso comigo.

— Sério? Não é importante? Duas ligações, nem mesmo mensagens de texto, seguidas. Parece importante, não?

— As pessoas são dramáticas às vezes — retruco. — Falo com ele amanhã. A bateria está quase morrendo mesmo.

ACHO QUE A ÚLTIMA NAMORADA do Jake era uma aluna da faculdade em outro departamento. Eu já a vi por aí. É bonitinha: atlética, loira. Corredora. Ele com certeza a namorou. Diz que ainda são amigos. Não amigos próximos. Não saem juntos. Mas ele disse que tomaram café uma semana antes de nos conhecermos no pub. Eu provavelmente pareço ciumenta. Não sou. Sou curiosa. E também não sou corredora.

É estranho, mas gostaria de conversar com ela. Gostaria de me sentar com uma xícara de chá e perguntar a ela sobre Jake. Gostaria de saber por que eles começaram a namorar. O que a atraía nele? Gostaria de saber por que não durou. Ela terminou, ou foi o Jake?

Se foi ela, durante quanto tempo ficou pensando em terminar? Não parece uma ideia razoável, conversar com a ex do seu novo namorado?

Perguntei sobre ela algumas vezes. Ele é acanhado. Não fala muito. Apenas diz que o relacionamento deles não foi longo nem muito sério. É por isso que é com ela que preciso falar. Para ouvir o lado dela.

Estamos sozinhos no carro, no meio do nada. Agora parece uma boa hora.

— Então, como terminou? Com sua última namorada, quero dizer.

— Nunca começou de fato. Foi pequeno e temporário.

— Mas vocês não começaram pensando isso.

— Não começou mais sério do que terminou.

— Por que não durou?

— Não era real.

— Como você sabe?

— Sempre dá pra saber.

— Mas como sabemos quando um relacionamento se torna real?

— Está perguntando em geral ou sobre aquele relacionamento especificamente?

— Aquele.

— Não havia dependência. Dependência é igual a seriedade.

— Não sei se concordo. E quanto ao real? Como sabe quando algo é real?

— O que é o real? É real quando há algo em jogo, quando há algo a perder.

Por um tempo não dizemos nada.

– Você se lembra de eu te contar sobre a mulher que vive do outro lado da rua? – pergunto.

Acho que estamos chegando perto da fazenda. Jake não confirmou, mas estamos dirigindo há um tempo. Deve estar próximo de duas horas.

– Quem?

– A mulher mais velha do outro lado da rua. Lembra?

– Acho que sim, é – diz ele despreocupadamente.

– Ela contava como o marido e ela pararam de dormir juntos.

– Humm.

– Não digo não fazer sexo. Quero dizer que pararam de dormir na mesma cama de noite. Ambos decidiram que uma boa noite de sono supera qualquer benefício de dormir na mesma cama. Queriam o próprio espaço para dormir. Não querem ouvir outra pessoa roncando ou sentir quando se viram. Ela disse que o marido ronca absurdamente.

Acho isso muito triste.

– Parece razoável que, se uma pessoa é incômoda, dormir sozinho seja uma opção.

– Acha mesmo? Passamos quase metade da vida dormindo.

– Isso podia ser um argumento para explicar por que é bom encontrar a melhor situação de sono. É uma opção, só isso que estou dizendo.

– Mas não se está *apenas* dormindo. Você tem consciência da outra pessoa.

– Você *está* apenas dormindo – ele insiste.

— Nunca se está apenas dormindo. Nem mesmo quando se está adormecido.

— Agora me perdi.

Jake faz sinal e vira à esquerda. Essa nova estrada é menor. Definitivamente não é uma estrada principal. É uma estradinha secundária.

— Não está consciente da minha presença quando dorme?

— Quer dizer, não sei. Estou dormindo.

— Tenho consciência de você – digo.

DUAS NOITES ATRÁS EU NÃO CONSEGUIA DORMIR. De novo. Estava pensando demais havia semanas. Jake dormiu na minha casa pela terceira noite seguida. Na verdade eu gosto de dormir com alguém na cama. Dormir ao lado de alguém. Jake dormia profundamente, sem roncar, mas sua respiração estava indiscutivelmente perto. Bem ali.

Acho que o que eu quero é alguém que me conheça. Realmente me conheça. Que me conheça melhor do que qualquer outro e talvez até eu mesma. Não é por isso que nos comprometemos com um outro? Não é pelo sexo. Se fosse pelo sexo, não casaríamos. Ficaríamos apenas encontrando novos parceiros. Nós nos comprometemos por muitos motivos, eu sei, mas quanto mais penso nisso, mais penso que relações de longo prazo são para conhecer a pessoa. Quero alguém que me conheça, que realmente me conheça, quase como se aquela pessoa pudesse entrar na minha cabeça. Como seria isso? Ter acesso, saber como é na cabeça de alguém. Confiar em alguém, tê-lo confiando em você. Não é uma ligação biológica como aquela entre pais e filhos. Esse

tipo de relacionamento é escolhido. É algo mais difícil de conquistar do que aquele construído sobre biologia e genética compartilhada.

Acho que é isso. Talvez seja como sabemos quando um relacionamento é real. Quando alguém previamente não conectado a nós nos conhece de uma forma que nunca pensamos ou acreditamos ser possível.

Gosto disso.

Na cama naquela noite, olhei para Jake. Ele estava tão estável, como um bebê. Parecia menor. Estresse e tensão se escondem durante o sono. Ele nunca range os dentes. Suas pestanas não mexem. Ele geralmente dorme profundamente. Parece uma pessoa diferente quando dorme.

Durante o dia, quando Jake está acordado, há sempre uma intensidade oculta, uma energia que paira. Ele tem esses pequenos movimentos, espasmos e tiques.

Mas estar sozinho não é mais próximo da versão mais verdadeira de nós mesmos, quando não estamos ligados um ao outro, não diluídos pela presença e pelos julgamentos? Formamos relacionamentos com outros, amigos, família. Tudo bem. Esses relacionamentos não se prendem da forma como o amor faz. Ainda podemos ter namorados, de curto prazo. Mas apenas sozinhos podemos nos focar em nós mesmos, conhecer a nós mesmos. Como podemos conhecer a nós mesmos sem essa solidão? E não apenas quando dormimos.

Provavelmente não vai dar certo com Jake. Provavelmente vou acabar com tudo. O que é irreal, acho eu, é o número de gente que tenta um relacionamento duradouro, comprometido, e que

acredita que vai funcionar a longo prazo. Jake não é um cara ruim. Ele é perfeitamente legal. Mesmo considerando as estatísticas que mostram que a maioria dos casamentos não dura, as pessoas ainda acham que casamento é o estado normal do ser humano. A maioria das pessoas quer se casar. Tem alguma outra coisa que as pessoas fazem em grandes números, com uma taxa de sucesso tão terrível?

Jake uma vez me contou que guarda uma fotografia de si mesmo na mesa no laboratório. Ele diz que é a única fotografia que guarda lá. É de quando tinha cinco anos. Tinha cabelo loiro encaracolado e bochechas gorduchas. Como ele já pôde ter bochechas gorduchas? Ele me disse que gosta da foto porque é ele, ainda que fisicamente seja agora completamente diferente da criança que vê na foto. Ele não apenas diz que parece diferente, mas que cada célula capturada na imagem já morreu, foi dispersa e substituída por novas células. No presente, ele é literalmente uma pessoa diferente. Onde está a consistência? Como ele ainda tem ciência de ser daquela idade mais nova se fisicamente é completamente diferente? Ele diria algo sobre todas essas proteínas.

Nossa estrutura física, assim como um relacionamento, muda e se repete, cansa-se e definha, envelhece e se esgota. Ficamos doentes e melhoramos, ou doentes e pioramos. Não sabemos quando, ou como, ou por quê. Apenas seguimos.

É melhor estarmos em pares ou sozinhos?

Três noites atrás, com Jake em coma total, eu esperei a luz começar a entrar pelas persianas. Nas noites em que não consigo dormir, como essa, como tantas recentemente, eu queria poder apenas apagar minha mente como uma lâmpada. Queria ter um

comando de desligar, como meu computador. Não tinha olhado o relógio por um tempo. Eu me deitava lá, pensando, desejando estar dormindo como todo mundo.

– Quase lá – disse Jake. – Estamos a cinco minutos de distância.

Eu me sento e estico os braços sobre a cabeça. Bocejo.

– Pareceu uma viagem rápida. Obrigada por me convidar.

– Obrigado por vir – diz ele. Então, inexplicavelmente: – E você também sabe que as coisas são reais quando elas podem ser perdidas.

– O corpo foi encontrado no armário.
– Sério?
– É. Um armário pequeno. Grande o suficiente para pendurar camisas e jaquetas, algumas botas, não muito mais. O corpo estava todo encolhido lá. A porta estava fechada.
– Isso me deixa triste. E com raiva.
– Por que não buscar alguém, não é? Falar com alguém. Ele tinha colegas de trabalho. Não era como se estivesse trabalhando num lugar sem outras pessoas. Havia gente ao redor o tempo todo.
– Eu sei. Não precisava ter acontecido assim.
– Claro que não.
– Sabemos muito sobre o histórico dele?
– Não muito. Era inteligente, bem letrado. Sabia das coisas. Teve uma carreira anterior, algum tipo de trabalho acadêmico, nível doutorado, acho. Isso não durou e ele terminou aqui.
– Não era casado?
– Não, não era casado. Sem esposa. Sem filhos. Ninguém. É raro hoje em dia ver alguém vivendo assim, completamente sozinho.

~~É uma viagem longa e lenta pela rodovia esburacada das~~

É uma viagem longa e lenta pela rodovia esburacada das fazendas. Árvores tomam os dois lados. Nós sacudimos por cerca de um minuto. Cascalho e terra sob os pneus.

A casa no fim da estradinha é feita de pedra. Daqui, não parece enorme. Há um deque de madeira cercado num lado. Estacionamos do lado direito da casa. Não há outros veículos à vista. Os pais dele não têm carro? Posso ver a luz vindo do que Jake diz ser a cozinha. O restante da casa está no escuro.

Deve haver um forno a lenha lá dentro, porque a primeira coisa que sinto assim que saio do carro é cheiro de fumaça. Este deve ter sido um belo lugar um dia, imagino, mas agora está um pouco decadente. Podiam ter uma pintura nova nas janelas e nos adornos. Grande parte da varanda está apodrecendo. O balanço da varanda está rasgado e enferrujado.

– Não quero entrar ainda – diz Jake. Eu já tinha dado alguns passos em direção a casa. Paro e me viro. – Todo esse tempo no carro. Vamos dar uma volta primeiro.

– Está meio escuro, não está? Não dá para ver muita coisa, dá?

– Ao menos para pegar um pouco de ar, então – diz ele. – O céu não está estrelado hoje, mas em noites claras de verão elas são inacreditáveis. Três vezes mais brilhantes do que na cidade. Eu amava isso. E as nuvens. Eu me lembro de sair nas tardes úmidas e as nuvens estarem muito grandes e macias. Eu gostava de quão suaves elas se moviam pelo céu, quão diferentes eram umas das outras. É bobo, acho, apenas olhar as nuvens. Queria que pudéssemos vê-las agora.

– Não é bobo – digo. – Nem um pouco. É bacana que você repare nessas coisas. A maioria das pessoas não notaria.

– Eu costumava sempre reparar nessas coisas. Nas árvores também. Não acho que eu faça tanto isso mais. Não sei quando isso mudou. Enfim, você sabe que está frio à beça quando a neve estala assim. Essa não é a neve de bolas de neve molhadas – diz Jake, caminhando à frente. Queria que ele usasse luvas; suas mãos estão vermelhas. O caminho de pedra que pegamos da rua para o celeiro é irregular e acidentado. Gosto do ar fresco, mas está frio, não fresco ou arejado. Minhas pernas estão dormentes. Achei que ele fosse querer entrar direto e cumprimentar os pais. Era o que eu esperava. Não estou usando uma calça quente. Não estou de roupa de baixo longa. Jake está me dando o que ele chama de "tour resumido".

Uma noite tempestuosa é um momento esquisito para examinar a propriedade. Posso ver que ele quer mesmo que eu a conheça. Ele aponta para o pomar de maçãs, e onde a horta fica no verão. Chegamos a um velho celeiro.

– As ovelhas ficam aqui – diz ele. – Meu pai provavelmente deu uns grãos a elas uma hora atrás.

Ele me leva a uma porta larga que abre na metade de cima. Nós entramos. A luz é fraca, mas posso vislumbrar as silhuetas. A maioria das ovelhas está deitada. Algumas estão mastigando. Posso ouvir. As ovelhas parecem abatidas, imobilizadas pelo frio, a respiração flutuando ao redor delas. Elas nos lançam olhares vagos. O celeiro tem paredes finas de compensado e pilares de cedro. O telhado é algum tipo de folha de metal, alumínio, talvez. Em vários pontos as paredes estão rachadas ou têm buracos. Parece um lugar sombrio para passar o tempo.

O celeiro não é o que eu tinha imaginado. Claro que não digo nada para Jake. Parece sombrio. E fede.

– É o ruminar delas – diz Jake. – Elas estão sempre fazendo isso. Mastigando.

– O que é ruminar?

– É comida semidigerida que elas regurgitam e mastigam como chiclete. Além desse bolo de comida mastigada, não tem muita diversão no celeiro a essa hora da noite.

Jake não diz nada enquanto me conduz para fora do celeiro. Há algo mais perturbador do que o ruminar e a mastigação constante lá. Há duas carcaças contra a parede. Duas carcaças lanosas.

Caídas e sem vida, ambas foram empilhadas do lado de fora contra a lateral do celeiro. Não é o que eu esperava ver. Não há sangue ou tripas, não há moscas, não há cheiro, nada para sugerir que foram criaturas viventes, nenhum sinal de apodrecimento. Elas podiam facilmente ser sintéticas em vez de material orgânico.

Quero ficar olhando para elas, mas também quero me afastar. Nunca vi ovelhas mortas antes, além de no meu prato com alho e alecrim. Tenho a impressão, talvez pela primeira vez, de que há

diferentes graus de morte. Assim como há diferentes graus de tudo: de estar vivo, de amar, de estar comprometido, de estar certo. Essas ovelhas não estão sonâmbulas. Não estão desencorajadas ou doentes. Não estão pensando em desistir. Essas ovelhas sem rabo estão mortas, extremamente mortas, cem por cento mortas.

– O que vai acontecer com as ovelhas? – chamo Jake, que está caminhando à frente, saindo do celeiro. Ele está com fome agora, posso ver, e quer se apressar, entrar. O vento está aumentando.

– Quê? – grita ele sobre o ombro. – Você quer dizer as mortas?

– É.

Jake não responde. Apenas continua caminhando.

Não sei o que dizer. Por que ele não disse nada sobre as ovelhas mortas? Fui eu que as vi. Eu preferiria ignorá-las, mas agora que as vi, não consigo.

– Algo vai acontecer a elas? – pergunto.

– Não sei. O que quer dizer? Já estão mortas.

– Elas ficam aqui, ou são enterradas ou algo assim?

– Provavelmente são queimadas em algum momento. Na fogueira. Quando ficar mais quente, na primavera. – Jake continua caminhando à minha frente. – Elas estão congeladas por enquanto, de todo modo. – Elas não pareciam muito diferentes de ovelhas que estão vivas e saudáveis, pelo menos na minha mente. Mas estão mortas. Há algo tão similar a ovelhas vivas e saudáveis, mas também tão diferente.

Dou uma corridinha para alcançá-lo, tentando não escorregar e cair. Estamos tão longe do celeiro agora que, quando eu me

viro de volta, as duas ovelhas parecem uma única forma inanimada, uma massa sólida – um saco de grãos descansando contra a parede.

– Venha – ele chama –, vou te mostrar o velho chiqueiro onde costumavam manter os porcos. Eles não têm mais porcos; dão trabalho demais.

Eu o sigo pelo caminho até ele parar. O chiqueiro parece abandonado, intocado há alguns anos. É minha sensação. Os porcos já se foram, mas o cercado ainda está lá.

– Então, o que aconteceu com os porcos?

– Os últimos dois eram bem velhos e não estavam mais se movendo muito. Tiveram que ser sacrificados.

– E nunca arrumaram novos ou porcos bebês? Filhotes? Não é assim que geralmente funciona?

– Às vezes. Mas acho que nunca os substituíram. Dão muito trabalho e são caros de manter.

Eu provavelmente deveria saber melhor, mas estou curiosa.

– Por que tiveram que sacrificar os porcos?

– É o que acontece numa fazenda. Nem sempre é agradável.

– Sim, mas estavam doentes?

Ele se vira e olha para mim.

– Esquece. Não acho que você vá gostar da verdade.

– Apenas me conte. Preciso saber.

– Às vezes as coisas são difíceis, aqui numa fazenda dessas. É trabalhoso. Meus pais não estiveram dentro do chiqueiro para verificar os porcos por alguns dias. Apenas jogavam a comida lá dentro. Os porcos ficaram deitados no mesmo canto dia após dia e, depois de um tempo, meu pai decidiu que era melhor dar uma

olhada neles. Quando entrou, os porcos não pareciam bem. Ele podia ver que estavam com certo desconforto, e decidiu que era melhor tentar movê-los. Meu pai quase caiu de costas quando levantou o primeiro porco, mas conseguiu. Ele levantou e virou. Encontrou a barriga do animal tomada de vermes. Milhares deles. Era como se toda a parte de baixo estivesse coberta de arroz que se movia. O outro estava ainda pior do que o primeiro. Os dois estavam sendo literalmente comidos vivos. De dentro para fora. E nunca se saberia ao olhar de longe. A distância, eles pareciam satisfeitos, relaxados. De perto, era diferente. Eu disse: a vida nem sempre é prazerosa.

– Puta merda.

– Os porcos eram velhos e o sistema imunológico provavelmente estava comprometido. A infecção se estabeleceu. Podre. São porcos, afinal. Vivem na sujeira. Provavelmente começou com um pequeno corte num deles, e algumas moscas pousaram na ferida. Enfim, meu pai precisou sacrificar os porcos. Foi sua única escolha.

Jake nos conduziu para fora e começou a caminhar novamente, pisando na neve. Tento pisar nos mesmos passos, onde a neve havia sido comprimida um pouco.

– Essas pobres criaturas – digo. Mas entendo. Entendo mesmo. Eles tiveram que ser sacrificados para livrar-se do sofrimento. Sofrer assim é insuportável. Mesmo se a solução for definitiva. As duas ovelhas. Os porcos. É realmente inegociável, acho. Não tem como voltar atrás. Talvez eles tenham tido sorte de partir assim, depois do que passaram. De ao menos serem liberados de certo sofrimento.

Diferentemente das ovelhas congeladas, não há nada de tranquilo ou humano na imagem desses porcos que Jake plantou na minha mente. Isso me faz perguntar: E se o sofrimento não terminar com a morte? Como podemos saber? E se não ficar melhor? E se a morte não for uma escapatória? E se as larvas continuam a se alimentar, alimentar e alimentar e continuam a ser sentidas? Essa possibilidade me assusta.

— Você precisa ver as galinhas — diz Jake.

Nós nos aproximamos de um galinheiro. Jake abre a entrada e nos abaixamos para dentro. As galinhas já estão dormindo, então não ficamos lá muito tempo. Apenas o suficiente para que eu pise em uma merda líquida, não congelada, claro, para sentir os cheiros desagradáveis e ver uma das galinhas não empoleiradas comer um de seus próprios ovos. Não é apenas o celeiro — cada área tem um cheiro distinto. Acho isso aqui sinistro, com todas as galinhas sentadas em trilhos finos, olhando para nós. Elas parecem mais irritadas por nossa presença do que as ovelhas estavam.

— Elas fazem isso às vezes, comem, se os ovos não são pegos — diz Jake.

— Que nojo. — É tudo que posso pensar em dizer. — Vocês não têm vizinhos, têm?

— Na verdade, não. Depende da sua definição de *vizinho*.

Deixamos o galinheiro e fico grata de tirar esse cheiro do meu nariz.

Caminhamos pela parte de trás da casa, meu queixo pressionado contra o peito para esquentar. Saímos da trilha agora e seguimos no nosso próprio caminho pela neve não remexida. Normalmente não sinto tanta fome. Estou faminta. Levanto o olhar e vejo alguém

na casa, na janela do andar de cima. Uma figura magrela de pé, olhando para nós. Uma mulher com cabelo longo e liso. A ponta do meu nariz está congelada.

– Aquela é sua mãe? – Aceno. Sem resposta.

– Ela provavelmente não consegue enxergar você. Está escuro demais aqui fora.

Ela continua na janela enquanto seguimos nossa caminhada, forçando o caminho pela neve até os tornozelos.

MEUS PÉS E MÃOS ESTÃO DORMENTES. Minhas bochechas, vermelhas. Estou feliz por estar do lado de dentro. Sopro minhas mãos, descongelando-as enquanto passamos pela porta num pequeno saguão. Posso sentir o cheiro do jantar. Algum tipo de carne. Há também o cheiro de lenha queimando novamente, e um cheiro atmosférico distinto que toda casa tem. Seu próprio cheiro de que seus habitantes nunca têm consciência.

Jake grita um alô. Seu pai – deve ser seu pai – responde que vão descer num minuto. Jake parece meio distraído, quase inquieto.

– Quer umas pantufas? – pergunta. – Talvez fique um pouco grande em você, mas esses pisos velhos são bem frios.

– Claro. Obrigada.

Jake revira uma caixa de madeira ao lado esquerdo da porta, repleta de chapéus e cachecóis, e tira um par de pantufas azuis gastas.

– São minhas, antigas. Sabia que estavam aqui. O que falta na aparência, elas compensam no conforto.

Ele as segura, examinando-as. É como se as ninasse.

— Adoro essas pantufas — diz ele, mais para si mesmo do que para mim. Ele suspira e me passa as pantufas.

— Obrigada — digo, sem saber se eu deveria calçá-las. E acabo calçando. Não se encaixam bem.

— Tudo bem, por aqui — diz Jake.

Passamos da soleira, à esquerda, a uma pequena sala de estar. Está escuro, e Jake se vira e acende alguns abajures conforme andamos.

— O que seus pais estão fazendo?

— Já vão descer.

Entramos em um cômodo grande. Uma sala de visitas. A casa, diferentemente lá de fora, é mais próxima daquilo que eu imaginava. Mobília herdada de família, tapetes, um monte de mesas e cadeiras de madeira. Cada peça de mobília ou quinquilharia é distinta. E a decoração... sem querer ser tão crítica, mas poucas coisas combinam. E tudo tem cara de antiguidade. Não há nada aqui que tenha sido comprado nos últimos vinte anos. Acho que isso pode ser charmoso. Parece que voltamos várias décadas no tempo.

A música incrementa essa sensação de viagem no tempo. Hank Williams, acho eu. Ou Bill Monroe. Talvez Johnny Cash? Soa como vinil, mas não consigo ver de onde vem.

— Os quartos são no andar de cima — diz Jake, apontando para uma escadaria do lado de fora da sala de estar. — Não tem muito mais aqui. Posso te mostrar depois de comermos. Eu te disse, não é chique. É um lugar velho.

Verdade. Tudo é velho, mas é notavelmente limpo, arrumado. Não há poeira nas mesinhas de canto. As almofadas não estão manchadas nem rasgadas. Que velha casa de fazenda não tem cer-

ta poeira? Nada de fiapos ou pelos de animais ou fios ou sujeira nos sofás e cadeiras. As paredes estão cobertas de pinturas e desenhos, muitos deles. A maioria não está emoldurada. Essas pinturas são grandes. Os desenhos variam de tamanho, mas a maioria é menor. Não há TV nessa sala, nem computador. Várias lâmpadas. E velas. Jake acende as que não estão acesas.

Suponho que seja a mãe dele que coleciona as estatuetas decorativas. A maioria é de crianças pequenas vestidas em trajes elaborados, chapéus e botas. Porcelana, acho. Algumas das figuras estão pegando flores. Outras carregam feno. O que quer que estejam fazendo, estão fazendo pela eternidade.

O fogão a lenha estala num canto. Caminho até lá e paro na frente dele, virando para sentir o calor nas minhas costas.

– Adoro o fogo – digo. – É aconchegante numa noite fria.

Jake senta no sofá marrom do outro lado.

Um pensamento me ocorre, e, antes que eu possa refletir, eu o libero.

– Seus pais sabiam que a gente estava vindo, certo? Eles nos convidaram?

– Sim. Nós nos comunicamos.

Além da entrada para seu quarto, depois da escadaria, há uma porta irregular, arranhada. Está fechada.

– O que há lá?

Jake olha para mim como se eu tivesse feito uma pergunta bem idiota.

– Apenas mais alguns quartos. E o porão é por ali.

– Ah, tá – digo.

— Não está acabado. Tem um buraco feio no chão para o aquecedor de água e coisas assim. Não usamos. É um desperdício de espaço. Não há nada lá embaixo.

— Um buraco no chão?

— Esqueçe isso. Está lá. Não é um lugar legal. Só isso. Não é nada.

Escuto uma porta fechar em algum lugar no andar de cima. Olho para Jake para ver se registra isso, mas ele está perdido em sua própria mente, olhando atento para a frente, mas aparentemente para nada.

— De onde vêm os arranhões da porta?

— De quando tínhamos um cachorro.

Eu vago do fogão para a parede de pinturas e desenhos. Vejo que há várias fotografias na parede também. Todas as fotos estão em preto e branco. Diferentemente dos desenhos, todas elas estão emolduradas. Ninguém está sorrindo nessas fotos. Todos têm um rosto severo. A foto do meio é de uma jovem de catorze anos, talvez mais nova. Ela está de pé, posando, num vestido branco. Está desbotada.

— Quem é essa? — pergunto, tocando a moldura.

Jake não se levanta, mas olha do livro que pegou da mesinha de centro.

— Minha bisavó. Nasceu em 1885 ou algo assim.

Ela é magra e pálida. Parece tímida.

— Ela não era uma pessoa feliz. Tinha problemas.

Fico surpresa com seu tom. Carrega uma irritação não característica.

— Talvez ela tenha tido uma vida difícil — sugiro.

— Os problemas dela foram difíceis para todos. Não importa. Nem sei por que mantemos essa foto. É uma história triste.

Quero perguntar mais sobre ela, mas não faço isso.

— Quem é esse? — É uma criança, uma criança pequena, talvez de três ou quatro.

— Você não sabe?

— Não. Como saberia?

— Sou eu.

Eu me inclino para mais perto, para olhar melhor.

— Quê? Sem chance. Não pode ser você. A foto é velha demais.

— É só porque está em preto e branco. Sou eu.

Não sei se acredito nele. A criança está de pé e descalça numa estrada de terra ao lado de um triciclo. A criança tem cabelo comprido e está olhando intensamente para a câmera. Olho mais perto e sinto uma pontada no estômago. Não parece o Jake. Nem um pouco. Parece uma garotinha. Mais precisamente: parece comigo.

– Disseram que ele basicamente parou de falar.
– Parou de falar?
– Tornou-se não verbal. Trabalhava, mas não falava. Foi estranho para todo mundo. Eu passava por ele no corredor, dava oi, e ele tinha dificuldade em me olhar direto nos olhos. Ele corava e ficava distante.
– Sério?
– Aham, eu me lembro de me arrepender de contratá-lo. E não porque ele era incompetente. Tudo estava sempre limpo e arrumado. Ele fazia seu trabalho. Mas chegou a um ponto em que eu tinha essa sensação, sabe? Pressentia algo. Como se ele não fosse lá muito normal.
– Isso meio que justifica sua sensação.
– Justifica. Eu deveria ter agido, feito algo, acho, baseado na minha impressão.
– Não dá para ficar supondo depois do fato. Não podemos deixar as ações de um homem nos fazer sentir culpados. Isso não é uma questão nossa. Nós somos os normais. É só uma questão dele.

— *Você está certo. É bom ser lembrado disso.*
— *Então, e agora?*
— *Tentamos esquecer isso, tudo isso. Encontramos um substituto. Seguimos em frente.*

Na mesa, agora, os cheiros são muito bons, felizmente. Não almoçamos hoje em preparação para essa refeição. Eu queria me assegurar de estar com fome, e estou. Minhas únicas preocupações: minha dor de cabeça e o gosto vagamente metálico na boca que tenho percebido nos últimos dias. Acontece quando ingiro certos alimentos, e parece ser pior com frutas e vegetais. Um sabor químico. Não tenho ideia do que causa isso. Quando notei, me fez perder o gosto pelo que quer que estivesse comendo, e espero que não aconteça agora.

Também estou surpresa de não termos encontrado os pais de Jake. Onde eles estão? A mesa foi posta. A comida está aqui. Posso ouvir uma movimentação no outro cômodo, provavelmente na cozinha. Eu me sirvo de um pãozinho, um pãozinho quentinho, corto no meio e passo um bocado de manteiga. Paro de comer ao perceber que sou a única que começou. Jake está sentado ali. Estou faminta.

Estou prestes a perguntar outra vez a Jake sobre seus pais quando a porta principal se abre e eles aparecem na sala, um atrás do outro.

Eu me levanto para dizer oi.

– Sente-se, sente-se – diz o pai, acenando com a mão. – Prazer em conhecê-la.

– Obrigada por me convidar. O cheiro está ótimo.

– Espero que esteja com fome – diz a mãe de Jake, sentando-se. – Estamos contentes que esteja aqui.

Aconteceu rapidamente. Sem apresentações formais. Sem apertos de mão. Agora estamos todos aqui, na mesa. Acho que isso é normal. Estou curiosa sobre os pais de Jake. Posso ver que o pai é reservado, no limite do fechado. A mãe sorri bastante. Não parou desde que apareceu da cozinha. Nenhum dos dois me lembra o Jake. Não fisicamente. Sua mãe é mais arrumada do que eu teria imaginado. Está usando maquiagem demais, e acho isso meio inquietante. Eu nunca diria isso a Jake. Seu cabelo está tingido num preto retinto. Reluz contra sua pele branca de pó e lábios vermelhos envernizados. Ela também parece um pouco trêmula, ou delicada, como se pudesse a qualquer momento rachar feito um copo caído.

Está usando um vestido de veludo azul ultrapassado, com mangas curtas, renda branca de rufos no pescoço e nas mangas, como se tivesse acabado de voltar ou estivesse indo para uma recepção formal. Não é o tipo de vestido que vejo com frequência. Está fora da estação, mais de verão do que de inverno, e chique demais para um simples jantar. Eu me sinto malvestida. Além disso, os pés dela estão descalços. Sem sapatos, meias ou chinelos. Quando ponho um guardanapo no colo, pego um vislumbre debaixo da mesa: o dedão de seu pé direito está sem unha. Suas outras unhas do pé estão pintadas de vermelho.

O pai de Jake calça meias e sandálias de couro, usa calça azul e uma camisa xadrez com as mangas enroladas. Seus óculos penduram-se de seu pescoço numa fita. Ele tem um Band-Aid fino na testa, pouco acima do olho esquerdo.

A comida é passada pela mesa. Começamos a comer.

– Tenho tido problemas com meus ouvidos – a mãe de Jake anuncia.

Eu levanto o olhar do prato. Ela olha diretamente para mim, sorriso largo. Posso ouvir o tique-taque do grande relógio de pêndulo contra a parede atrás da mesa.

– Você tem mais de um problema – retruca o pai de Jake.

– Tinido – diz ela, colocando a mão na do marido. – É isso o que é.

Olho para Jake e depois de volta para a mãe.

– Desculpe – digo. – Tinido. O que é isso?

– Não é muito divertido – diz o pai de Jake. – Nada divertido.

– Não, não é – responde a mãe. – Escuto zumbidos nas minhas orelhas. Na minha cabeça. Não o tempo todo, mas boa parte do tempo. Um zumbido constante nos fundos da vida. Inicialmente achei que fosse apenas cera no ouvido. Mas não é.

– Que horrível – digo, olhando para Jake novamente. Sem reação. Ele continua a empurrar comida na boca. – Acho que já ouvi falar disso.

– E minha audição em geral está piorando. Está tudo relacionado.

– Ela pede que eu me repita o tempo *todo* – diz o pai. Ele toma um gole do vinho. Eu também tomo o meu.

– E são vozes. Escuto cochichos.

Outro sorriso largo. Novamente olho para Jake, mais intensamente desta vez. Busco respostas no rosto dele, mas não recebo nada. Ele precisa entrar na conversa, me ajudar. Mas não o faz.

E é bem aí, enquanto olho para Jake em busca de algum tipo de ajuda, que meu telefone começa a tocar. A mãe de Jake salta da cadeira. Posso sentir meu rosto esquentando. Isso não é bom. Meu telefone está na minha bolsa, que está no chão ao lado da minha cadeira.

Finalmente. Jake olha para mim.

– Desculpe, é meu telefone. Achei que estivesse desligado – digo.

– Sua amiga de novo? Ela está ligando a noite toda.

– Talvez você devesse atender – diz a mãe de Jake. – Não nos importamos. Se sua amiga precisa de algo.

– Não, não. Não é nada importante.

– Talvez seja – ela insiste.

O telefone continua tocando. Ninguém fala. Depois de alguns toques, ele para.

– Enfim – prossegue o pai de Jake –, esses sintomas soam piores do que realmente são. – Ele busca e toca a mão da esposa novamente. – Não é como o que se vê nos filmes.

Escuto o bipe que indica que uma mensagem foi deixada. Outra. Não quero ouvir a mensagem, mas eu sei que tenho. Não posso ignorar para sempre.

– Os Sussurros, como eu os chamo – explica a mãe de Jake –, não são realmente vozes, como a sua ou a minha. Não dizem nada inteligível.

– É difícil para ela, especialmente de noite.

– As noites são piores – diz ela. – Não durmo muito mais.

— E quando dorme, não dá para descansar muito. Nenhum dos dois consegue.

Estou meio que pisando em ovos aqui. Não estou certa do que dizer.

— Isso é bem duro. Quanto mais pesquisa se faz sobre o sono, mais percebemos o quão importante é.

Meu telefone torna a tocar. Sei que não é possível, mas soa mais alto desta vez.

— Sério? É melhor que você atenda isso — diz Jake. Ele esfrega a testa.

Seus pais não dizem nada, mas trocam olhares.

Não vou atender. Não posso.

— Sinto muito — digo. — Isso é irritante para qualquer um.

Jake me encara.

— Essas coisas podem causar mais problemas do que serem úteis — diz o pai de Jake.

— Paralisia do sono — diz a mãe. — É uma condição séria. Debilitante.

— Já ouviu falar nisso? — me pergunta o pai dele.

— Acho que sim — respondo.

— Não consigo me mexer, mas estou bem acordada. Estou consciente.

Seu pai de repente está animado, gesticulando com o garfo enquanto fala.

— Às vezes eu acordo no meio da noite sem motivo algum. Eu me viro e olho para ela. Está lá, deitada ao meu lado, de costas, perfeitamente parada, seus olhos estão bem abertos e ela parece aterrorizada. Isso me assusta. Eu nunca vou me acostumar a isso.

— Ele espeta a comida no prato e mastiga uma bocada.

— Sinto algo pesado. No meu peito — diz a mãe de Jake. — Geralmente fica difícil de respirar.

Meu telefone toca novamente. Desta vez é uma longa mensagem. Dá para ver. Jake solta o garfo. Nós todos olhamos para ele.

— Desculpe — diz ele. Então há silêncio. Nunca vi Jake tão singularmente focado em seu prato de comida. Ele o encara, mas parou de comer.

Foi meu telefone que o fez parar? Ou disse algo que o incomodou? Ele parece diferente desde que chegamos. Seu humor. É como se eu estivesse sentada aqui sozinha.

— Então, como foi a viagem? — pergunta o pai, incitando Jake a falar, finalmente.

— Foi boa. Movimentada no início, mas depois de mais ou menos uma hora a estrada ficou tranquila.

— Essas estradinhas não são muito usadas.

Jake é parecido com seus pais de formas que vão além da aparência. Movimentos sutis. Gestos. Assim como eles, ele junta as mãos quando pensa. Conversa como eles também. Um redirecionamento repentino da discussão para longe de tópicos que ele não quer discutir. É notável. Ver alguém com os pais é um lembrete tangível de que somos todos compostos.

— As pessoas não gostam de dirigir no frio e na neve, e não as culpo — diz a mãe de Jake. — Não há nada aqui. Não por quilômetros. Porém, estradas vazias fazem as viagens serem relaxantes, não é? Especialmente de noite.

— E, com a nova rodovia, nenhuma dessas estradinhas secundárias acaba sendo usada. Você pode ir andando para casa no meio da noite sem ser atropelado.

– Pode levar um tempinho e ser meio frio. – A mãe dele ri, apesar de eu não saber por quê. – Mas você estava seguro.
– Estou muito acostumada a enfrentar o trânsito – digo. – A viagem para cá foi boa. Nunca passei muito tempo no interior.
– Você é do subúrbio, certo?
– Nascida e criada. Cerca de uma hora mais ou menos saindo da cidade grande.
– Sim, já estivemos na sua parte do mundo. É perto da água?
– Sim.
– Acho que nunca estivemos lá – diz ela. Não sei como responder. Não é contraditório? Ela boceja, cansada pela lembrança de viagens passadas ou pela falta delas.
– Estou surpreso que você não se lembre da última vez que estivemos lá – comenta o pai de Jake.
– Eu me lembro de muitas coisas – responde a mãe de Jake. – Jake esteve aqui antes. Com sua última namorada. – Ela pisca para mim, ou é algo de família. Não posso dizer se é um tique ou se é deliberado.
– Não se lembra, Jake? Toda aquela comilança?
– Não foi memorável – retruca Jake.

Ele terminou sua refeição. O prato está totalmente limpo. Ainda não acabei com o meu. Volto a atenção para a comida, cortando um pedaço de carne malpassada. É escuro e crocante por fora, malpassado, rosa e gosmento por dentro. Há traços de sangue no meu prato. Há uma salada gelatinosa em que não toquei. Minha fome diminuiu. Amasso um pouco de batata e cenoura num bocado de carne e coloco na boca.

– É tão bom ter você aqui com a gente – diz a mãe de Jake. – Jake nunca traz suas namoradas aqui. É realmente ótimo.

– Com certeza – diz o pai. – Fica quieto demais por aqui quando estamos sozinhos, e...

– Tenho uma ideia – diz a mãe de Jake. – Vai ser divertido.

Todos olhamos para ela.

– Costumávamos jogar bastante. Para passar o tempo. Tinha um que era meu favorito. E acho que você seria ótima nele, se estiver disposta. Por que não faz o Jake? – ela diz para mim.

– Sim. Certo – responde o pai de Jake. – Boa ideia.

Jake olha para mim, depois de volta para baixo. Está segurando seu garfo sobre o prato vazio.

– Então nós vamos... você quer dizer, imitar o Jake? – pergunto. – É esse o jogo?

– Sim – confirma a mãe. – Faça a voz dele, converse como ele, faça o que for como ele. Ah, isso vai ser divertido.

O pai de Jake larga os talheres.

– Esse jogo é tão legal.

– Não sou... é que... não sou muito boa nesse tipo de coisa.

– Faça a voz dele. Só para darmos umas risadas – insiste a mãe dele.

Olho para Jake. Ele não faz contato visual.

– Tá – digo, ganhando tempo. Não me sinto confortável tentando imitá-lo na frente de seus pais, mas não quero decepcioná-los.

Estão esperando. E me encarando.

Pigarreio.

– Olá, sou o Jake – digo, deixando minha voz mais grave. – Bioquímica tem muitas virtudes; bem como a literatura e a filosofia.

O pai sorri e aprova. A mãe sorri de orelha a orelha. Estou constrangida. Não quero brincar disso.

— Nada mau — diz o pai. — Nada mau mesmo.

— Eu sabia que ela ia ser boa — diz a mãe. — Ela o conhece. Por dentro e por fora.

Jake levanta o olhar.

— Minha vez — diz ele.

É a primeira coisa que ele diz faz um tempinho. Jake não gosta de jogos.

— Esse é o espírito — diz a mãe, aplaudindo.

Jake começa a falar no que claramente deveria ser minha voz. É levemente mais aguda do que a dele, mas não comicamente aguda. Ele não está zombando de mim; está me imitando. Usando gestos faciais e de mão sutis, mas precisos, jogando um cabelo invisível para trás da orelha. É impressionantemente preciso, incômodo. Desagradável. Isso não é uma imitação de brincadeira. Ele está levando isso a sério, sério demais. Está se tornando eu mesma na frente de todos.

Olho para seus pais. Estão de olhos esbugalhados, curtindo a apresentação. Quando Jake termina, há uma pausa antes de seu pai explodir em gargalhadas. Sua mãe também ri muito. Jake não.

Então, um telefone toca. Mas, dessa vez, não é o meu. É a linha da fazenda, toque agudo no outro quarto.

— Melhor atender isso — diz a mãe após o terceiro toque, rindo enquanto se afasta.

Seu pai pega o garfo e a faca e começa a comer novamente. Não estou mais com fome. Jake me pede para passar a salada. Eu passo, e ele não agradece.

A mãe volta à sala.
– Quem era? – Jake pergunta.
– Ninguém – diz ela, sentando-se. – Número errado.

Ela balança a cabeça e espeta uma rodela de cenoura com o garfo.

– Você deveria checar seu telefone – sugere ela. Sinto uma pontada de algo enquanto ela me olha. – Sério, não nos importamos.

NÃO CONSIGO COMER A SOBREMESA. Não apenas porque estou cheia. Há um minuto desconfortável quando a sobremesa é trazida, um tipo de bolo de chocolate em formato de tronco com camadas de creme batido. Eu tinha pedido a Jake para lembrar seus pais que sou intolerante à lactose. Ele deve ter se esquecido. Não posso tocar nesse bolo.

Enquanto Jake e os pais estavam na cozinha, verifiquei meu telefone. Está descarregado. Provavelmente é melhor assim. Vou lidar com isso de manhã.

Quando a mãe de Jake retorna à mesa, está usando um vestido diferente. Ninguém mais parece notar. Será que ela sempre faz isso? Trocar de traje para a sobremesa? É uma mudança sutil. É o mesmo estilo de vestido, mas uma cor diferente. Como se uma falha de computador tivesse causado uma pequena distorção no vestido. Será que ela derramou algo no outro? Também colocou um Band-Aid no dedão sem unha.

– Podemos pegar outra coisa para você? – pergunta novamente o pai de Jake. – Tem certeza de que não vai comer bolo?

– Não, não, estou bem, sério. O jantar foi incrível, e estou satisfeita.

— Que pena que você não gosta de creme — lamenta a mãe de Jake. — Sei que é meio gordo. Mas é gostoso.

— Parece bom — digo. Eu me abstenho de corrigi-la sobre o "não gostar". Não tem nada a ver com gostar.

Jake não comeu a sobremesa. Ele não tocou no garfo nem no prato. Está descansando na cadeira, brincando com uma mecha de cabelo atrás da cabeça.

Sinto um golpe, como se eu tivesse sido beliscada, e percebo em choque que estou roendo as unhas. Estou com o dedo indicador na boca. Olho para minha mão. A unha do meu indicador está roída quase pela metade. Quando comecei isso? Não consigo me lembrar. Ainda assim devia estar fazendo isso o jantar todo. Abaixo a mão novamente.

É por isso que Jake está me olhando? Como posso não ter percebido que estava roendo as unhas desse jeito? Posso sentir um pedaço de unha na boca, preso entre meus molares. Que nojo.

— Pode tirar o composto para mim esta noite, Jake? — pede sua mãe. — As costas de seu pai ainda estão doendo, e a lata está cheia.

— Claro — responde Jake.

Talvez seja só impressão minha, mas parece que a refeição toda foi meio estranha. A casa, seus pais, a viagem toda não são o que achei que seriam. Não foi divertido nem interessante. Não achei que tudo seria tão velho, ultrapassado. Vem sendo desconfortável desde que cheguei. Os pais dele são legais — especialmente o pai —, mas não são bons conversadores. Eles falaram muito, principalmente sobre eles mesmos. Também houve longas exten-

sões de silêncio, talheres raspando contra os pratos, a música, o tique-taque do relógio, o fogo estalando.

Por Jake ser tão bom em conversar, um dos melhores que já conheci, achei que seus pais também seriam. Achei que eles falariam sobre trabalho e talvez até política, filosofia, arte, coisas assim. Achei que a casa fosse maior e estivesse em melhor estado. Achei que haveria mais animais vivos.

Eu me lembro de Jake certa vez ter me contado que os dois fatores mais importantes para interação intelectual de qualidade são:

Um: manter simples as coisas simples e complexas as coisas complexas.
Dois: não entrar em nenhuma conversa com uma estratégia ou solução.

— Desculpe – digo. – Vou só dar um pulo no banheiro. É passando a porta? – Minha língua está revirando o pedaço de unha no meu dente.

— Isso mesmo – diz o pai de Jake. – Como tudo aqui, é por ali, no final do longo corredor.

DEMORO ALGUNS SEGUNDOS para encontrar o interruptor de luz no breu, correndo minha mão pela parede. Quando acendo, um zumbido ressoa com a forte luz branca. Essa não é a luz amarela normal com a qual estou acostumada nos banheiros. É branca numa forma antisséptica, cirúrgica, que me força a fechar os olhos. Não sei o que é mais estridente, a luz ou o zumbido.

Estou bem mais ciente do quão escura a casa está agora que estou aqui com essa luz.

A primeira coisa que faço quando fecho a porta é retirar o pedaço de unha dos dentes e cuspir na minha mão. É grande. Enorme. Nojento. Jogo na privada. Olho para minhas mãos. A unha do dedo anelar, como a do polegar, foi mordida significativamente. Há sangue nos cantos onde a pele e a unha se encontram.

Não há espelho na prateleira sobre a pia. Eu não gostaria de me ver, de toda forma, não hoje. Sinto que estou com olheiras. Sei que estou. Não me sinto eu mesma. Corada, irritada. Estou sentindo a falta de sono dos últimos dias e o vinho do jantar. As taças são grandes. E o pai de Jake as encheu repetidamente. Tive que fazer xixi por meia hora. Eu me sento na privada e me sinto melhor. Não quero voltar para lá, ainda não. Minha cabeça ainda dói.

Depois da sobremesa, os pais de Jake levantaram, limparam a mesa e foram para a cozinha, deixando Jake e eu sozinhos. Nós ficamos sentados sem conversar muito. Eu podia ouvir seus pais na cozinha. Bem, não os ouvi precisamente. Não conseguia distinguir as palavras, mas podia ouvir o tom. Estavam discutindo. Parecia que algo estava fervendo com nossas conversas do jantar. Foi uma briga inflamada. Estou feliz que não tenha acontecido na minha frente. Ou de Jake, por sinal.

– O que está havendo lá? – perguntei a Jake num cochicho.

– Lá onde?

Dou a descarga e fico de pé. Ainda não estou pronta para voltar. Inspeciono os detalhes ao meu redor. Há uma banheira e um chuveiro. Os anéis estão no mastro do chuveiro, mas não há

... 111

cortina. Há um pequeno cesto de lixo. E uma pia. Parece ser isso. É tudo muito arrumado, muito limpo.

Os azulejos brancos nas paredes são da mesma cor que o chão branco. Eu tento o espelho sobre a pia. Ou onde o espelho deveria estar. Ele abre. Ao lado de um frasco vazio de pílulas prescritas, as prateleiras internas estão vazias. Fecho a porta do armário. A luz é muito forte.

Lavo as mãos na pia e noto uma pequena mosca tonta no canto da louça. A maioria das moscas sai voando quando sua mão passa perto dela. Eu aceno com a mão. Nada. Raspo levemente nas asas do inseto com o dedo. Ele se move levemente, mas não tenta se mexer.

Se não pode mais voar, não tem como escapar. Não pode escalar para fora. Está presa lá. Ela entende? Claro que não. Uso meu polegar e a esmago contra a lateral da pia. Não estou certa do motivo. Não é algo que faço normalmente. Acho que a estou ajudando. Dessa forma é rápido. Parece melhor do que a alternativa de jogar a coisa ralo abaixo, numa morte lenta e espiralada. Ou apenas deixá-la na pia. É apenas uma forma de tantas.

Ainda estou olhando a mosca esmagada quando tenho a sensação de que alguém me seguiu até o banheiro. Que não estou sozinha. Não há ruído fora da porta. Nenhuma batida. Não escutei nenhum passo. É só uma sensação, mas ela é forte. Acho que tem alguém do lado de fora. Está escutando?

Eu não me mexo. Não escuto nada. Eu me aproximo da porta e lentamente coloco a mão na maçaneta. Espero outro momento, a maçaneta em minha mão, então abro a porta. Não há ninguém lá. Apenas minhas pantufas, que deixei do lado de fora antes de entrar. Não sei por quê.

Eu deveria dizer as pantufas de Jake. Aquelas que ele me emprestou. Achei que as tivesse deixado viradas para o banheiro. Mas agora estão viradas para fora, em direção ao corredor. Não consigo ter certeza. Devo tê-las deixado assim. Deve ter sido eu.

Deixo a porta aberta, mas dou um passo atrás em direção à pia. Ligo a torneira para limpar os pedaços de mosca morta. Uma gota vermelha de sangue cai na pia. E outra. Avisto meu nariz de cabeça para baixo no reflexo da torneira. Está sangrando. Pego um pedaço de papel higiênico, faço uma bola, pressiono contra o rosto. Por que meu nariz está sangrando?

Meu nariz não sangra há anos.

DEIXO O BANHEIRO E SIGO PELO CORREDOR. Passo por uma porta que deve dar no porão. Está aberta. Uma escada estreita, íngreme, conduz para baixo. Eu paro e coloco a mão contra a porta aberta. O menor movimento, em cada direção, a faz ranger. As dobradiças precisam de óleo. No patamar há um pequeno carpete de franja que leva aos degraus de madeira.

Da cozinha, escuto o som de pratos sendo lavados e de conversa. Jake está lá com os pais. Não sinto necessidade de correr de volta. Vou lhe dar um tempinho a sós com eles.

Não consigo ver muito do alto das escadas. Está escuro lá embaixo. Mas posso ouvir algo vindo do porão. Sigo em frente. Vejo um cordão branco pendurado à minha direita quando passo pela porta. Puxo e um único bulbo de luz se acende. Escuto o som abaixo com mais clareza agora. Um rangido torpe, alto, mais agudo do que as dobradiças. Um rangido abafado, resmungado, repetitivo.

Estou curiosa para ver o porão. Jake disse que seus pais não o usam. Então o que há lá embaixo? O que está produzindo esse som? O aquecedor de água?

A escada é irregular e precária. Não há corrimão. Vejo um alçapão feio de placas de madeira que está aberto do lado direito com um clipe de metal. As escadas ficam escondidas sob o alçapão quando está fechado. Há arranhões, como os arranhões na sala de estar, por todo o alçapão. Coloco os dedos sobre eles. Não são muito profundos. Mas parecem desvairados.

Começo a descer. Sinto como se estivesse entrando no convés inferior de um veleiro. Sem um corrimão, uso a parede como guia.

Lá embaixo, entro num grande bloco de concreto. Está sobre o chão de cascalho. Não há muito espaço aqui embaixo. O teto de vigas é baixo. À minha frente há várias prateleiras comportando caixas marrons de papelão. Velhas, úmidas, manchadas e frágeis. Muita poeira, terra. Fileiras e fileiras de caixas em prateleiras. Há muitas coisas trancadas aqui, sob o alçapão. Enterradas. "Não usamos", foi o que Jake disse. "Não há nada lá embaixo." Não é totalmente verdade. Não é nada verdade.

Eu me viro. Atrás de mim, passando a escada, vejo a fornalha, um reservatório de água quente, um painel elétrico. Há algo mais, um equipamento. É velho, enferrujado, não operacional. Não estou certa do que é ou era.

Esse cômodo é *sim* um pouco mais do que um buraco no chão. Provavelmente normal para uma casa de fazenda tão antiga. Imagino que inunde na primavera. As paredes são feitas de terra e grandes pedaços de rocha. Não são de fato paredes, da mesma forma que o piso não é realmente um piso. Não tem bar nem

mesa de sinuca. Também não tem mesa de pingue-pongue. Alguns segundos a sós aqui aterrorizariam qualquer criança. Há um cheiro também. Não sei o que é. Ar úmido. Não circulado. Mofado. Podre. O que estou fazendo aqui embaixo?

Estou prestes a subir de volta quando, bem no fim do cômodo, logo além do reservatório, noto o que está produzindo o som. Um pequeno ventilador branco oscilando numa prateleira. Está tão escuro que mal consigo ver. Eu realmente deveria voltar para cima, retornar à mesa.

Não acho que Jake queira que eu veja isso. Essa ideia só me faz querer ficar mais tempo aqui. Não vou demorar muito. Cuidadosamente saio do bloco em direção ao ventilador. Ele vira de um lado para outro. Por que há um ventilador ligado no inverno? Já está frio o suficiente.

Perto da fornalha há uma pintura num cavalete. É por isso que o ventilador está ligado? Para secar a tinta? Não consigo me imaginar aqui embaixo por um longo período, pintando. Não vejo nenhuma tinta ou pincéis. Nenhum outro material de arte. Nenhuma cadeira. O pintor fica de pé? Suponho que seja a mãe de Jake. Mas ela é mais alta do que eu, e quase tenho que me abaixar para não bater a cabeça nas vigas do teto. E por que vir até aqui embaixo para pintar?

Eu me aproximo da pintura. A obra está cheia de pinceladas selvagens, pesadas e alguns detalhes bem específicos. É um retrato de um espaço, um cômodo. Pode ser este cômodo, o porão. E é. O quadro é escuro, mas posso ver as escadas, o bloco de concreto, as prateleiras. A única coisa que falta é a fornalha. Em seu lugar há uma mulher. Ou talvez um homem. É uma entidade, um in-

divíduo de cabelo comprido. De pé, levemente curvado, com longos braços. Longas unhas, bem longas, quase como garras. Não estão ficando mais longas, mais afiadas. Mas parecem estar. No canto de baixo da pintura há uma segunda pessoa, muito menor; uma criança?

Olhando para essa pintura, me lembro de algo que Jake mencionou na viagem esta noite. Não estava prestando muita atenção quando ele disse, então fico surpresa por me lembrar claramente dessas palavras agora. Ele explicou por que exemplos são usados em filosofia, como a maior parte da compreensão e da verdade combina certeza, dedução racional, mas também abstração.

– É a integração de ambos – disse ele –, isso importa. – Eu estava olhando para os campos que passavam por fora da janela, vendo as árvores nuas passarem voando. – Essa integração reflete a forma como nossas mentes operam, a forma como *nós operamos* e interagimos; nossa divisão entre lógica, razão e algo mais – acrescenta ele –, algo mais próximo da sensação, ou espírito. Essa é uma palavra que provavelmente vai fazer você se arrepiar. Mas não podemos, nem mesmo a mente mais prática de todas, entender o mundo pela racionalidade, não totalmente. Dependemos de símbolos para fazer sentido.

Lancei um olhar para ele sem dizer nada.

– E não estou falando apenas dos gregos. Essa é uma linha de discussão bem comum, Ocidente e Oriente. É universal.

– Quando diz símbolos, você quer dizer...?

– Alegorias – disse ele –, metáforas elaboradas. Nós não apenas entendemos ou reconhecemos significância e validade por meio da experiência. Nós aceitamos, rejeitamos e discernimos por meio

de símbolos. Esses são tão importantes para nossa compreensão de vida, nossa compreensão da existência e do que tem valor, o que é válido, quanto matemática e ciência. E digo isso como cientista. É tudo parte de como operamos pelas coisas, como tomamos decisões. Veja, enquanto estou dizendo isso, escuto como soa, parece muito óbvio e banal, mas é interessante.

Olho novamente para a pintura. O rosto simples da pessoa. Indefinível. As longas unhas apontando para baixo, molhadas, quase pingando. O ventilador estala indo e vindo.

Há uma pequena estante de livros ao lado da pintura. Está cheia de papéis velhos. Páginas e páginas. Desenhos. Eu pego um. O papel é grosso. E outro. São todos desta sala. São todos do porão. E em cada desenho há uma pessoa diferente no lugar da fornalha. Algumas com cabelo curto, algumas com cabelo longo. Uma tem chifres. Algumas têm seios, algumas têm pênis, algumas, ambos. Todas têm unhas compridas e uma expressão similar, paralisada, de compreensão.

Em cada retrato há uma criança também. Geralmente num canto. Às vezes em outros lugares – no chão, olhando para a figura maior. Em um, a criança está na barriga da mulher. Em outro, a mulher tem duas cabeças, e uma das cabeças é da criança.

Escuto passos no andar de cima. Delicados, suaves. A mãe de Jake? Por que supus que ela pinta e desenha aqui embaixo? Escuto mais passos acima, mais pesados.

Posso ouvir alguém. Conversando. Duas pessoas. Posso ouvir. De onde? São os pais de Jake no andar de cima. Estão discutindo novamente.

Discutir pode ser forte demais, mas a conversa não é cordial. É exaltada. Algo está errado. Estão chateados. Preciso chegar mais perto do duto de ventilação. Há uma lata enferrujada de tinta na parede mais distante. Eu a empurro em direção ao duto. Fico sobre ela, me equilibrando contra a parede. Estão conversando na cozinha.

— Ele não pode ficar fazendo isso.
— Não é sustentável.
— Ele levou todo esse tempo para chegar lá, apenas para desistir? Ele jogou fora. Claro que me preocupo.
— Ele precisa de previsibilidade, algo estável. Fica sozinho demais.

Estão falando de Jake? Coloco a mão mais alto na parede e me ergo na ponta dos pés.

— Você ficava dizendo que ele poderia fazer o que quisesse.
— O que eu deveria dizer? Não se pode passar dia após dia sendo assim, tímido, introvertido... tão...

O que ela está dizendo? Não consigo decifrar.

— Ele precisa sair da própria cabeça, seguir em frente.
— Ele deixou o laboratório. Foi decisão dele. Nunca devia ter começado a seguir aquele caminho, para começar. A questão é...

Há algo aqui que não consigo decifrar.

— Sim, sim. Sei que ele é esperto. Eu sei. Mas não significa que tenha seguir esse caminho.
— ... Um trabalho que ele possa manter. Segurar.

Deixou o laboratório? Então estão falando de Jake? O que querem dizer? Jake ainda trabalha lá. Está ficando mais difícil decifrar as palavras. Se eu puder ao menos ficar um pouco mais alta, mais perto.

A lata de tinta vira e eu bato contra a parede. As vozes param. Eu congelo.

Por um segundo, escuto alguém se mexer atrás de mim. Eu não deveria estar aqui embaixo. Não deveria estar escutando. Eu me viro para olhar de volta em direção às escadas, mas não há ninguém lá. Apenas as prateleiras cheias de caixas, a luz fraca vinda do andar de cima. Não escuto mais as vozes. Nada. Está tudo quieto. Estou sozinha.

Uma sensação horrível de claustrofobia me domina. E se alguém bloqueasse as escadas? Eu ficaria presa aqui. Ficaria escuro. Não sei o que faria. Fico de pé, não querendo pensar mais nisso, esfregando o joelho que bati na parede.

Subindo de volta as escadas, noto um cadeado e uma tranca no alçapão, aquele que esconde a escada quando está fechado. A tranca está aparafusada na parede ao lado das escadas, mas a fechadura está no fim do alçapão. É de se pensar que estaria no lado de cima, para que pudessem trancar de lá. O alçapão pode ser fechado e aberto de cada lado, seja empurrado para cima, se você estiver no porão, ou puxado para cima, se estiver no patamar. Mas só pode ser trancado por baixo.

— Sabemos a causa oficial da morte?
 — Hemorragia, dos ferimentos dos furos.
 — Horrível.
 — Sangrou por horas, achamos. Uma boa quantidade de sangue.
 — Deve ter sido terrível deparar com isso.
 — Sim, imagino que foi. Horrível. Algo de que você nunca se esqueceria.

~~A sala de jantar está vazia quando volto do porão.~~

A sala de jantar está vazia quando volto do porão. A mesa foi toda limpa, exceto pelo meu prato de sobremesa.

Enfio a cabeça na cozinha. Os pratos sujos foram empilhados e molhados, mas não lavados. A pia está tomada de uma água acinzentada. A torneira pinga. Pinga.

– Jake? – chamo. Onde ele está? Onde está todo mundo? Talvez Jake esteja levando os restos para o composto no barracão.

Avisto a escada para o segundo andar. O carpete verde macio no piso. Paredes forradas de madeira. Mais fotografias. Muitas são do mesmo casal de velhinhos. São todas fotografias antigas, nenhuma de Jake quando era mais novo.

Jake disse que me mostraria o segundo andar após o jantar, então por que não verificar agora? Sigo direto para cima, onde há uma janela. Olho para fora, mas está escuro demais para enxergar.

À minha esquerda há uma porta com um pequeno *J* estilizado. O antigo quarto de Jake. Eu entro. Sento-me na cama de Jake e olho ao redor. Vários livros. Quatro estantes cheias. Velas sobre cada estante. A cama é macia. A colcha é o que eu esperaria numa

velha casa de fazenda – de tricô feita à mão. É uma cama pequena para um homem tão alto, de solteiro. Coloco as mãos ao meu lado, as palmas para baixo, e balanço para cima e para baixo, como uma maçã caída na água. As molas rangem um pouco, mostrando sua idade e seus anos de uso. Molas velhas. Casa velha.

Fico de pé. Caminho passando por uma poltrona azul bastante usada, de aparência confortável, além da escrivaninha na frente de uma janela. Não há muito na escrivaninha. Algumas canetas, lápis numa caneca. Um bule marrom de chá. Alguns livros. Uma grande tesoura prateada. Eu abro a gaveta de cima da escrivaninha. Há o material usual de escritório lá – clipes de papel, blocos de notas. Há também um envelope pardo. Há um *Nós* estampado do lado de fora. Parece a letra de Jake. Não posso simplesmente deixar ali. Eu pego, abro.

Há fotos dentro. Provavelmente não deveria estar fazendo isso. Não é realmente da minha conta. Eu as vou folheando. Há cerca de vinte ou trinta. São todas fotos em close. Partes do corpo. Joelhos. Cotovelos. Dedos. Muitos dedos dos pés. Alguns lábios e dentes, gengivas. Alguns closes extremos, apenas cabelo e pele, espinhas, talvez. Não sei dizer se são todos da mesma pessoa ou não. Eu as coloco de volta no envelope.

Nunca tinha visto fotos assim. São alguma coisa artística? Como para uma exposição, ou mural, ou alguma instalação? Jake mencionou para mim que gosta de fotografias e que a única atividade que ele fez fora da escola foram aulas de artes. Ele disse que tinha uma ótima câmera pela qual ele economizou.

Há muitas fotos ao redor do quarto também, cenas, algumas flores e árvores, e pessoas. Não reconheço nenhum dos rostos.

A única foto de Jake que vi na casa foi aquela no andar de baixo, ao lado da lareira, aquela que alegou ser ele quando criança. Mas não era. Tenho certeza de que não era. Isso significa que nunca vi uma foto de Jake. Ele é tímido, eu sei, mas ainda assim.

Pego uma foto emoldurada na prateleira. Uma garota loira. Ela usa uma bandana azul, amarrada na frente. Sua namorada de colégio? Ela esteve profundamente apaixonada por ele, ou foi o que Jake alegou, e o relacionamento nunca significou o mesmo para ele do que significou para ela. Eu levo a foto até meu rosto, quase tocando o nariz. Mas Jake disse que ela era morena e alta. Essa mulher é loira, como eu, e baixinha. Quem é ela?

No fundo, noto mais alguém. É um homem, e não é Jake. Está olhando para a menina na foto. Está conectado à mulher. Ele está próximo e olhando para ela. Foi Jake quem tirou a foto?

Eu salto quando alguém toca meu ombro.

Não é Jake. É seu pai.

— Você me assustou — digo.

— Desculpe, achei que você estivesse aqui com Jake.

Coloco a foto de volta na prateleira. Ela cai no chão. Eu me abaixo e a pego.

Quando eu me volto para o pai de Jake, ele está sorrindo. Tem um segundo Band-Aid na testa, sobre o original.

— Não pretendia assustá-la, eu só não tinha certeza se você estava bem. Estava tremendo.

— Estou bem. Só com um pouco de frio, acho. Estava esperando pelo Jake. Eu não tinha visto o quarto dele e apenas achei... Eu estava mesmo tremendo?

— De costas parecia... Só um pouco.

Não sei do que ele está falando. Eu não estava tremendo. Como eu poderia? Estou com frio? Talvez esteja. Estou com frio desde antes de nos sentarmos para comer.

— Tem certeza de que está bem?

— Sim, tenho. Estou bem. — Ele está certo. Abaixo o olhar e noto minha mão tremendo levemente. Junto minhas mãos atrás de mim.

— Ele costumava passar muito tempo aqui. Estamos lentamente transformando num quarto de hóspedes — diz o pai de Jake. — Nunca sentimos que era certo colocar nossos hóspedes aqui, com esta decoração de um estudante aficionado por livros. Jake sempre gostou de seus livros e histórias. E de escrever em seus diários. Era um conforto para ele. Ele podia trabalhar com coisas assim.

— Que legal. Eu notei que ele ainda gosta de escrever. Passa muito tempo escrevendo.

— É como ele faz o mundo ter sentido.

Sinto algo quando ele diz isso, compaixão pelo Jake, afeto.

— É silencioso aqui — digo —, nos fundos da casa. Seria bom para escrever.

— Sim, e ótimo para dormir também. Mas Jake, como você provavelmente sabe, Jake nunca foi bom de dormir. Vocês são bem-vindos para passar a noite. Esperamos que fiquem. Não precisam se apressar. Eu disse a Jake, queremos que fiquem. Temos muita comida para amanhã. Você bebe café?

— Bem, obrigada, eu provavelmente deveria deixar essa decisão para o Jake. Eu adoro café. Mas Jake precisa trabalhar amanhã de manhã.

— Precisa? — pergunta seu pai, com uma expressão intrigada.
— Enfim, seria ótimo se ficassem. Mesmo que só uma noite. E queremos que você saiba que somos muito gratos por você estar aqui. Pelo que está fazendo.

Coloco alguns fios de cabelo soltos atrás da orelha. O que estou fazendo? Não sei se entendo.

— É bom estar aqui, e é bom conhecer vocês.
— É bom para o Jake, tudo isso. Você tem sido boa para ele. Faz tanto tempo desde que... Mas acho que isso é bom para ele, finalmente. Estamos esperançosos.
— Ele sempre fala sobre a fazenda.
— Ele estava ansioso para que você conhecesse. Estávamos ansiosos para receber você aqui há muito tempo. Começávamos a pensar que ele nunca te traria para casa, depois de todo esse tempo.
— É. — É tudo que consigo pensar em dizer. — Eu sei. — Depois de *quanto tempo*?

O pai de Jake olha para trás, então dá um passo e se aproxima de mim. Está próximo o suficiente para que eu possa me esticar e tocá-lo.

— Ela não é louca, sabe. Precisa saber disso. Sinto muito por esta noite.
— Quê?
— Minha esposa, quero dizer. Sei como deve parecer. Sei o que está pensando. Sinto muito. Você acha que ela está enlouquecendo ou tem problemas mentais. Não tem. É só um problema de audição. Ela tem passado por estresse.

Novamente, não sei como responder.

— Eu realmente não pensei nisso — digo. Na verdade, não estou muito certa do que pensar.

— A mente dela ainda é muito aguçada. Sei que ela mencionou vozes, mas não é tão dramático quanto soa. Há pequenos cochichos e murmúrios, sabe. Ela está tendo discussões com... eles. Com os cochichos. Às vezes é só respiração. É inofensivo.

— Ainda assim, deve ser difícil — digo.

— Estão considerando implantes de cóclea, se a audição piorar.

— Não consigo imaginar como deve ser.

— E todos aqueles sorrisos. Sei que parece meio estranho, mas é só uma reação que ela tem. No passado teria me chateado, mas estou acostumado agora. Pobrezinha. O rosto dela começa a doer de tanto sorrir. Mas você se acostuma com essas coisas.

— Não notei, ou não reparei muito.

— Você tem feito muito bem para ele. — Ele se vira em direção à porta. — Vocês são um bom par. Não que você precise que eu te diga. Certas coisas, como matemática e música, vão bem juntas, não vão?

Eu sorrio, faço que sim. Sorrio novamente. Não sei o que mais fazer.

— Tem sido ótimo conhecer o Jake, e agora conhecer você e a mãe dele.

— Todos nós gostamos de você. Especialmente o Jake. Faz sentido. Ele precisa de você.

Eu continuo sorrindo. Não consigo parar.

ESTOU PRONTA PARA IR. Quero sair daqui. Coloco meu casaco. Jake já está fora, aquecendo o carro. Estou esperando por sua mãe. Tenho que dizer adeus, mas ela voltou à cozinha para fazer um prato de

sobras para nós. Eu não quero, mas como posso recusar? Estou parada aqui, sozinha, esperando. Remexo o zíper do meu casaco. Subindo e descendo, subindo e descendo. Eu podia ter aquecido o carro. Ele podia ter esperado aqui.

Ela surge da cozinha.

– Misturei um pouco de tudo – diz ela. – Um pouco de bolo também. – Ela me passa um prato de comida, coberto com papel-alumínio. – Tente manter reto ou vai ter uma lambança em suas mãos.

– Tá, vou fazer isso. Obrigada novamente pela noite adorável.

– Foi adorável, não foi? E têm certeza de que não podem passar a noite? Adoraríamos que ficassem. Temos espaço para vocês.

Ela está quase implorando. Está perto de mim o suficiente para que eu possa ver mais linhas e rugas em seu rosto. Ela parece mais velha, cansada, exausta. Não é como gostaria de me lembrar dela.

– Queríamos ficar, mas acho que Jake precisa voltar.

Ficamos paradas um momento, então ela se inclina e me dá um abraço. Permanecemos assim, ela me apertando como se não quisesse me soltar. Eu me pego fazendo a mesma coisa de volta. Pela primeira vez esta noite, sinto o perfume dela. Lírios. É um aroma que reconheço.

– Espere, eu quase esqueci – diz ela. – Não vá ainda.

Ela me solta do abraço, vira e se encaminha de volta para a cozinha. Onde está o pai de Jake? Posso sentir o cheiro de comida do prato. Não é apetitoso. Espero que não deixe cheiro no carro todo durante a volta para casa. Talvez possamos colocar no porta-malas.

A mãe de Jake retorna.

– Decidi esta noite que eu quero que fique com isso.

Ela me passa um pedaço de papel. Está dobrado algumas vezes. É pequeno o suficiente para caber no bolso.

– Ah, obrigada. Muito obrigada.

– Esqueci agora, claro, há quanto tempo exatamente, mas está em processo por um tempinho.

Começo a desdobrar. Ela ergue a mão.

– Não, não. Não abra aqui! Você não está pronta ainda!

– Desculpe?

– É uma surpresa. Para você. Abra quando chegar.

– Quando eu chegar aonde?

Ela não responde, apenas continua sorrindo. Então, diz:

– É uma pintura.

– Obrigada. É uma das suas?

– Jake e eu costumávamos desenhar e pintar juntos quando ele era mais novo, por horas seguidas. Ele amava arte.

Eles faziam isso no porão úmido?, eu me pergunto.

– Temos um estúdio. É silencioso. Era nosso cômodo favorito na casa.

– Era?

– É. Era. Ah, não sei, você precisa perguntar ao Jake.

Os olhos dela se enchem de lágrimas, e temo que ela vá chorar abertamente.

– Obrigada pelo presente – digo. – É tão gentil da sua parte. Nós dois vamos gostar, tenho certeza. Obrigada.

– É para você. Só para você. É um retrato. De Jake.

NÓS NÃO CONVERSAMOS DE FATO SOBRE A NOITE. Não discutimos os pais dele. Achei que seria a primeira coisa que faríamos quando voltássemos ao carro, rever a noite. Quero perguntar sobre a mãe dele, o porão, contar a ele sobre a conversa com seu pai no quarto, a forma como sua mãe me abraçou, o presente que me deu. Há tanto que quero perguntar. Mas estamos no carro dele há um tempo agora. Quanto tempo? Não tenho certeza. E agora estou perdendo o pique. Estou começando a apagar. Será que eu deveria simplesmente esperar e conversar sobre isso amanhã, quando eu tiver mais energia?

Estou feliz que não tenhamos passado a noite. Estou aliviada. Jake e eu teríamos dividido aquela minúscula cama de solteiro? Eu não desgostei dos pais dele. É só que foi esquisito e estou cansada e quero estar na minha própria cama esta noite. Quero ficar sozinha.

Não consigo imaginar jogar conversa fora com os pais dele logo ao acordar. É demais para suportar. A casa era fria também, e escura. Parecia quente quando entramos, mas quanto mais ficávamos lá, mais notei as correntes de ar. Eu não teria dormido muito.

– Lágrimas são aerodinâmicas – diz Jake. – Todos os carros deviam ter forma de lágrima.

– Quê? – Isso vem do nada, e ainda estou pensando sobre a noite, tudo que aconteceu. Jake ficou quieto a maior parte do tempo. Ainda não sei por quê. Todo mundo fica um pouco impaciente junto da família, e foi a primeira vez que eu os encontrei.

Mas ainda assim. Ele estava definitivamente menos falante, menos presente.

Preciso dormir. Duas ou três noites de um longo sono sem interrupções para colocar em dia. Sem pensamentos desvairados, sem sonhos ruins, sem telefonemas, sem interrupções, sem pesadelos. Tenho dormido muito mal há semanas. Talvez mais tempo.

– É engraçado ver que alguns desses carros ainda estão sendo desenvolvidos e vendidos com eficiência energética. Olhe que caixote aquele lá.

Jake aponta pela janela à minha direita, mas no escuro é difícil enxergar qualquer coisa.

– Não me importo com a singularidade – digo. – Mesmo coisas que são muito únicas. Gosto de coisas que são diferentes.

– Por definição, nada pode ser *muito* único. Ou é único ou não é.

– Tá, tá, eu sei. – Estou cansada demais para isso.

– E carros não deveriam ser únicos. Aquele motorista provavelmente reclama do aquecimento global e das mudanças no clima, e ainda assim quer um carro "único". Todo carro deveria ter a forma de uma lágrima. Isso mostraria às pessoas que levamos a sério a eficiência energética.

Ele entrou num desvairo típico do Jake. Eu realmente não me importo com eficiência energética, nem agora e nem no melhor dos momentos. Tudo o que quero falar é sobre o que aconteceu na casa de seus pais e chegar em casa para que eu possa dormir um pouco.

– QUEM ERA AQUELA MENINA na foto na sua prateleira?
– Que foto? Que menina?
– A menina de cabelo loiro parada num campo ou à beira de um campo. Aquela que está no seu quarto.
– Steph, acho. Por que pergunta?
– Só estava curiosa. Ela é bonita.
– Ela é atraente. Nunca a vi como bonita nem nada.
Ela é muito bonita.
– Vocês namoraram, ou é uma amiga?
– Era amiga. Namoramos por um tempinho. Logo depois da escola, por um tempinho depois.
– Ela também era bioquímica?
– Não, música. Era musicista.
– Que tipo?
– Tocava um monte de instrumentos. Ensinava. Foi a primeira a me apresentar a algumas coisas antigas. Você sabe, clássicos, country, Dolly Parton, coisas assim. Havia narrativas nessas músicas.
– Você a vê de vez em quando?
– Na verdade, não. Não deu certo.
Ele não olha para mim, olha direto para a estrada. Está mordendo a unha do polegar. Se esse fosse um relacionamento diferente, num tempo diferente, talvez eu o cutucasse mais. Insistisse. Mas sei para onde vamos agora, então não tem muito por quê.
– Quem era o cara no fundo?
– Quê?
– No fundo, atrás dela, havia um cara deitado no chão. Estava olhando para ela. Não era você.

— Não sei. Eu teria que ver a foto de novo.
— Deve saber de qual eu falo.
— Não olho para essas fotos há muito tempo.
— É a única foto na qual ela aparece. E é esquisito, porque esse cara... — Não posso dizer. Por que não posso dizer?

Um minuto se passa. Acho que ele vai deixar passar, ignorar minha pergunta, mas daí ele diz:

— Provavelmente é meu irmão. Acho que me lembro dele numa dessas fotos.

Quê? Jake tem um irmão? Como esse assunto nunca surgiu antes?

— Não sabia que você tinha um irmão.
— Achei que soubesse.
— Não! Isso é loucura. Como eu não sabia disso?

Eu digo isso brincando. Mas Jake está sério, então eu provavelmente não deveria brincar.

— Vocês dois são próximos?
— Eu não diria isso.
— Por que não?
— Coisas de família. É complicado. Ele puxou minha mãe.
— E você não?

Por um segundo ele me lança um olhar penetrante, depois olha de volta para a estrada. Estamos sozinhos aqui. É tarde. Não passamos por muitos carros desde aquele caixote. Jake está focado no que há por vir. Sem olhar para mim, ele pergunta:

— Parece normal para você?
— O quê?
— Minha casa. Meus pais.
— Por que se preocupa com o normal?

— Apenas responda. Quero saber.
— Claro. Na maior parte, sim.
Não vou me aprofundar em como realmente me sinto. Não agora, não já que aquela foi a última vez que estivemos na fazenda juntos.
— Não estou tentando bisbilhotar, mas, tudo bem, você tem esse irmão, e em como ele se parece com a sua mãe, exatamente?
Não tenho certeza de como ele vai reagir a essa pergunta. Acho que estava tentando mudar o assunto para longe do irmão. Mas acho que agora é o melhor momento para perguntar. É o único momento para perguntar.
Jake esfrega a testa com uma das mãos, a outra na direção.
— Alguns anos atrás, meu irmão desenvolveu alguns problemas. Nós não achamos que fosse nada sério. Ele sempre foi extremamente solitário. Não conseguia se relacionar com os outros. Achamos que estava deprimido. Então ele começou a me seguir por aí. Não fez nada de perigoso, mas era esquisito, ele me seguindo. Pedi que parasse, mas ele não parou. Não havia muito o que fazer. Eu meio que precisei cortá-lo da minha vida, bloqueá-lo. Não é como se ele não pudesse cuidar de si mesmo. Ele pode. Não acredito que ele seja seriamente doente da cabeça. Não de forma perigosa. Acho que pode ser reabilitado. Acho que ele é um gênio, e profundamente infeliz. É difícil passar tanto tempo assim sozinho. É difícil não ter ninguém. Uma pessoa pode viver assim por um tempo, mas... Meu irmão ficou muito triste, muito solitário. Ele precisava das coisas, pedia coisas que eu não podia ajudar. Não é mais grande coisa. Mas claro que mudou a dinâmica da nossa família.

Isso é enorme. Sinto como se entendesse seus pais melhor agora, e Jake também, apenas nos últimos trinta segundos. Estou chegando a algum lugar, e não estou preparada para deixar passar. Isso poderia ter uma influência em mim, em nós, na pergunta na qual tenho pensado.

— O que quer dizer com ele te seguia por aí?

— Não importa. Ele não está mais por aí. Acabou.

— Mas estou interessada.

Jake aumenta o rádio, só um pouco, mas, considerando que estamos conversando, é irritante.

— Meu irmão estava prestes a se tornar um professor acadêmico, mas não conseguia lidar com o ambiente. Teve que deixar o emprego. Ele podia fazer o trabalho, mas todo o restante, tudo a ver com interagir com os colegas, era difícil demais para ele. Começava todo dia sintonizado numa onda de ansiedade com a ideia de interagir com pessoas. A parte estranha é que ele gostava delas. Só não conseguia lidar com o fato de falar com elas. Sabe, como gente normal. Jogar conversa fora e tudo mais.

Noto que Jake começa a acelerar enquanto conversa. Acho que não percebe o quão rápido estamos indo.

— Ele precisava ganhar a vida, mas tinha que encontrar um novo emprego, algum lugar em que não precisasse fazer apresentações, onde pudesse se misturar às paredes. Naquela época, ele estava num péssimo momento, e começou a me perseguir, conversando comigo, me dando ordens e ultimatos, como uma voz na minha cabeça, sempre lá. Estava interferindo na minha vida, como um tipo de sabotagem. Coisas sutis.

— Como assim?

Nossa velocidade continua aumentando.

— Ele começou a usar minhas roupas.

— Usar suas roupas?

— Como eu disse, ele tem algumas questões, *tinha* algumas questões. Não acho que seja uma coisa permanente. Ele está melhor agora, bem melhor.

— Vocês eram próximos? Antes de ele ficar doente?

— Nunca fomos muito próximos. Mas nos dávamos bem. Nós dois somos espertos e competitivos, então isso cria um laço. Não sei. Nunca antecipei o que estava por vir... sua doença, quero dizer. Ele meio que surtou. Pode acontecer. Mas faz a gente se questionar sobre o que se conhece das pessoas. Ele é meu irmão. Mas não sei se o conheço realmente.

— Deve ser difícil. Para todos.

— É.

Jake não parece estar aumentando a velocidade, mas ainda estamos indo rápido. Não está legal lá fora. E está tudo escuro.

— Então é disso que seu pai falava quando disse que sua mãe estava estressada?

— Quando ele te disse isso? Por que te disse isso?

Ele pisa fundo no acelerador novamente. Escuto o motor trabalhando desta vez.

— Ele me viu no seu quarto. Entrou para conversar comigo. Ele mencionou a condição da sua mãe. Não em detalhes, mas... Não estamos indo muito rápido, Jake?

— Ele mencionou a tricotilomania?

— Quê?

— Como minha mãe arranca os pelos. Meu irmão tinha isso também. Ela fica muito constrangida com isso. Tirou a maior parte das sobrancelhas e dos cílios. Já começou na cabeça. Pude ver pontos mais ralos esta noite.

— Isso é terrível.

— Minha mãe é bem frágil. Ela vai ficar bem. Não percebi que tinha ficado tão feio. Eu não teria te convidado se soubesse que seria tão tenso esta noite. De alguma forma, na minha cabeça, não seria assim. Mas queria que você visse de onde eu venho.

É a primeira vez desde que chegamos na casa, a primeira vez na noite toda, que eu me sinto um pouco mais próxima de Jake. Ele está me deixando entrar em algo. Aprecio sua honestidade. Ele não precisa me contar nada disso. Não é coisa fácil de falar, de pensar. É o tipo de coisa, o tipo de sentimento que complica tudo. Talvez eu ainda não tenha me decidido sobre ele, sobre nós, sobre acabar com tudo.

— Famílias têm peculiaridades. Todas elas.

— Obrigado por vir – ele diz. – Sério.

Sinto sua mão na minha.

— Conversamos com quase todo mundo com quem ele trabalhou e fomos capazes de formar um retrato. Ele vinha desenvolvendo problemas físicos. Questões. Todo mundo notou. Ele tinha umas brotoejas no braço e no pescoço. Sua testa ficava suada. Alguém o viu algumas semanas atrás em sua mesa num tipo de torpor, apenas olhando para a parede.

— Tudo isso soa alarmante.

— Sei agora que sim. Mas, no contexto da época, pareceu particular, como sua própria questão de saúde. Ninguém queria se meter. Houve poucos incidentes. No último ano, mais ou menos, ele tocava sua música bem alta durante seus intervalos. E quando as pessoas pediam a ele para abaixar, ele apenas ignorava e começava a música novamente.

— Ninguém pensou em fazer uma reclamação formal?

— Por tocar música? Não pareceu grande coisa.

— Acho que não.

— Duas pessoas que entrevistamos mencionaram que ele tinha cadernos. Ele escrevia muito. Mas ninguém nunca perguntou sobre o que ele escrevia.

– *Não, creio que não.*
– *Encontramos esses cadernos.*
– *O que havia neles?*
– *Sua escrita.*
– *Ele tinha uma caligrafia muito elegante, precisa.*
– *Mas e quanto ao conteúdo?*
– *O conteúdo do quê?*
– *Dos cadernos. Não é o que importa? O que ele escrevia? O conteúdo? O que poderia significar?*
– *Certo. Bem, nós não lemos ainda.*

~~Quer parar pra um docinho?~~

— **Q**uer parar pra um docinho? Estamos num círculo aqui, na conversa, mas parei de fazer perguntas. Não mencionei mais a família do Jake. Eu não deveria enchê-lo. Talvez privacidade seja algo bom. Ainda estou pensando no que ele disse. Sinto como se estivesse começando a realmente entendê-lo, dar valor às coisas pelas quais passou. Solidarizar.

Também não mencionei minha dor de cabeça novamente, não desde que entramos no carro. O vinho fez ficar pior, provavelmente. O ar na casa velha. Minha cabeça toda dói. Estou segurando-a de tal forma, com meu pescoço tenso e inclinado para a frente, que a pressão é aliviada levemente, apenas levemente. Qualquer movimento, solavanco ou tremor é desconfortável.

— Podíamos parar, claro — digo.

— Mas você quer?

— Pra mim é indiferente, mas numa boa se você quiser.

— Você e suas não respostas.

— Quê?

– O único lugar aberto tão tarde é a sorveteria Dairy Queen. Mas eles definitivamente vão ter algo sem lactose. – Então ele se lembra. Da minha intolerância.

Está escuro fora do carro. Estamos conversando menos no caminho de volta para casa do que na viagem para lá. Ambos cansados, acho; introspectivos. Difícil dizer se está nevando. Acho que está, mas não muito. Ainda não. Está apenas começando. Eu rio, mais para mim mesma, e olho pela janela.

– Quê? – pergunta ele.

– É bem engraçado. Não posso comer sobremesa nos seus pais porque tem lactose, e estamos parando para pegar algo para comer numa sorveteria. E estamos no meio do inverno. Está congelando lá fora; está nevando, acho. Tudo bem; só é engraçado. – Penso que são outras coisas também, mas decido não dizer nada.

– Não tomo um Skor Blizzard há anos. Acho que é o que vou pedir – comenta. Skor Blizzard. Eu sabia. Tão previsível.

Nós paramos. O estacionamento está vazio. Há um telefone público no canto e uma lata de lixo de metal no outro. Não vejo muitos telefones públicos hoje em dia. A maioria foi removida.

– Ainda estou com dor de cabeça – digo. – Acho que estou cansada.

– Achei que tinha melhorado.

– Na verdade, não. – Está pior. Está quase virando uma enxaqueca.

– Ruim assim? Enxaqueca?

– Não é tão ruim.

Fora do carro está frio, ventando. A neve está ficando mais pesada agora, com certeza. Mais rodopiando do que caindo. Não fica

no chão ainda. Vai ficar se continuar. Com sorte, vou estar na cama, com um Advil. E se minha dor de cabeça tiver passado amanhã, vou passar a manhã limpando e removendo a neve. O frio é gostoso na minha cabeça.

– Tem cara de tempestade grande – diz Jake. – O vento está congelando.

Olhar a Dairy Queen totalmente iluminada me faz sentir náuseas. Claro que a Dairy Queen está vazia. É de se imaginar até por que está aberta esta noite. Reparo no horário na porta e calculo que vão fechar em oito minutos. Não há sininhos ou a esperada musiquinha ao entrarmos. As mesas vazias estão limpas, nada de guardanapos embolados ou xícaras vazias e migalhas. A loja está preparada para fechar. O zumbido torpe, metálico das máquinas e freezers cria um ruído acumulativo. Isso me faz lembrar um tom de discagem. Há uma fragrância aqui também, quase química. Nós esperamos, olhando para o cardápio incandescente.

Ele está lendo o cardápio. Posso ver por seus olhos, a forma como toca o queixo.

– Tenho certeza de que eles têm algo sem lactose – diz ele novamente.

Jake já está segurando uma longa colher vermelha de plástico que pegou de um cesto. É meio irritante como ele já pegou uma colher para si, e nós nem sabemos se há algo que eu possa comer. Ainda temos muito chão pela frente. Uma viagem mais longa se a tempestade piorar. Talvez devêssemos ter passado a noite na fazenda, mas eu não estava totalmente confortável. Não sei. Jake boceja.

— Você está bem ou quer que eu dirija o resto do caminho para casa? — pergunto.

— Não, não, estou bem. Bebi menos do que você.

— Bebemos exatamente o mesmo.

— Mas te afeta bem mais. Subjetividade e tudo isso. — Ele boceja novamente, desta vez levando a mão à boca.

— É, olha, eles têm diferentes sabores de limonada. E é sem lactose — diz ele. — Você vai gostar.

— Gostar. Claro — digo. — Vou pegar uma.

Duas funcionárias surgem de um cômodo dos fundos. Elas parecem chateadas porque as perturbamos. Jovenzinhas, adolescentes, as duas. Têm formas diferentes, tipos físicos diferentes, mas em todas as outras facetas são idênticas. Têm o mesmo cabelo tingido, as mesmas calças pretas justas, as mesmas botas marrons. Ambas claramente gostariam de estar em qualquer outro lugar, e não as culpo.

— Queremos uma limonada pequena. Na verdade, queremos duas. Qual é o tamanho da média? — pergunta Jake.

Uma das meninas pega um copo de papel grandinho e o levanta.

— Médio — diz ela, seca. A outra menina se vira e ri.

— Tá bom — diz ele. — Uma pequena, uma média.

— A pequena é de morango, por favor, não a normal — digo à menina. — Não tem lactose, né?

A menina pergunta à outra:

— Não tem sorvete na limonada, tem? — Ainda está rindo e tem dificuldade em responder. Agora a primeira está rindo também. Estão trocando olhares.

— A alergia é séria? — pergunta a segunda menina.

— Não vai me matar. Eu só não me sentiria bem.

É quase como se elas nos reconhecessem, e é estranho para elas, da mesma forma que seria se um amigo de um dos pais delas viesse, ou um dos professores aparecesse inesperadamente e elas tivessem que servi-lo. É assim que elas estão reagindo. Eu olho para Jake. Ele parece alheio. A primeira menina olha para ele, então cochicha algo para a segunda. Ambas riem novamente.

Uma terceira garota agora. Ela vem de trás. Devia estar ouvindo, porque sem uma palavra começa a fazer minha limonada. As outras meninas não lhe dizem nada, nem reconhecem sua presença.

A terceira menina levanta o olhar da máquina.

— Desculpe pelo cheiro — diz ela. — Estão envernizando os fundos.

Envernizando? Numa Dairy Queen?

— Sem problemas — digo.

É uma sensação repentina, mas inconfundível. Conheço essa menina. Eu a reconheço, mas não tenho ideia de onde ou quando. Seu rosto, seu cabelo. Sua constituição. Eu a conheço.

Ela não diz mais nada. Apenas trabalha fazendo a limonada. Ou enchendo os copos, de todo modo. Aperta alguns botões, vira algumas manivelas. Fica na frente da máquina como se esperasse na fila de uma loja. Enquanto a máquina faz seu trabalho, a menina segura um dos copos vazios na parte de baixo, esperando que o líquido seja liberado.

Isso nunca aconteceu comigo antes, reconhecer uma completa estranha. Não posso dizer nada para o Jake. Soaria esquisito demais. É esquisito.

Ela é magrela e fraca, essa menina. Algo não está certo. Eu me sinto mal por ela. Seu cabelo escuro é longo e liso e cai sobre as costas e muito do rosto. As mãos são pequenas. Ela não usa nenhuma joia, nada de colar ou brincos. Parece frágil e ansiosa. Tem erupções na pele. Feias.

Começando a poucos centímetros acima do pulso há calombos, apenas grandes o suficiente para que eu possa ver. Ficam piores, mais vermelhos, na altura do cotovelo. Olho intensamente as brotoejas. Parecem machucadas e sarnentas. Estão secas também, escamosas. Ela deve estar coçando. Quando levanto o olhar, ela olha para mim. Encara. Sinto meu rosto corar, e desvio os olhos para o chão.

Jake não presta atenção. Sinto que ela ainda está olhando para mim. Escuto uma das meninas soltando um risinho. A magrela tapa o copo e o coloca no balcão. Sua mão se levanta e os dedos começam a coçar as brotoejas. Não de forma agressiva. Não quero continuar olhando. Ela está meio que pegando os calombos, quase tentando tirá-los do braço. Há um tremor em sua mão agora.

A máquina gira. Claro, nenhuma dessas meninas quer estar aqui. Nesta antisséptica Dairy Queen com geladeiras, freezers, luzes fluorescentes, ferramentas de metal, colheres vermelhas, canudos envoltos em plástico, porta copos e o calmo, mas constante, zumbido acima.

Seria ainda mais difícil se dois dos funcionários estivessem zombando de você. É por isso que a menina magrela parece perturbada?

Não é apenas esse Dairy Queen – é esse lugar, essa cidadezinha, se é que isso é uma cidadezinha. É incerto o que torna um

lugar um lugar, ou quando um lugar se torna uma cidade. Talvez essa não seja nenhum dos dois. Parece perdida, isolada. Escondida do mundo. Eu ficaria mofada aqui se não pudesse partir, se não houvesse nenhum lugar para ir.

Em algum lugar dentro da máquina prateada há gelo sendo triturado e misturado ao suco de limão concentrado e a muito açúcar líquido.

Sem lactose, mas será doce, tenho certeza disso.

A limonada com gelo sai da máquina no segundo copo. Quando está cheio, a máquina para e a menina coloca uma tampa plástica. Ela leva as bebidas até onde estou. De perto, ela parece ainda pior. São seus olhos.

— Obrigada — digo, buscando a limonada. Não espero uma reposta, então sou pega de surpresa quando ela fala.

— Estou preocupada — ela murmura, mais para si mesma do que para mim. Olho ao redor para ver se as outras meninas a escutam. Não estão prestando atenção. Nem o Jake.

— Desculpe?

Ela olha para o chão. Segura as mãos na sua frente.

— Eu não deveria estar dizendo isso, sei que não. Sei o que acontece. Estou assustada. Eu sei. Não é bom. É ruim.

— Você está bem?

— Você não precisa ir.

Posso sentir minha pulsação saltando. Jake está pegando os canudos, acho, e os guardanapos. Não vamos precisar de colheres no fim das contas.

Uma das meninas ri, mais alto desta vez. A menina magrela à minha frente ainda olha para baixo, o cabelo cobrindo seu rosto.

— Do que está com medo?
— Não é do que estou com medo, é por quem eu tenho medo.
— Por quem você tem medo?
Ela pega os copos.
— Por você — diz ela, me passando os copos antes de desaparecer de volta para a cozinha.

JAKE ESTÁ DISTRAÍDO, como de costume. Voltamos ao carro e ele não menciona nada sobre as meninas no Dairy Queen. Às vezes ele pode ser bem alheio, muito autocentrado.
— Você viu aquela menina?
— Qual?
— Aquela que fez as limonadas?
— Havia várias meninas.
— Não, apenas uma fez as bebidas. Magrela. Cabelo comprido.
— Não sei — diz ele. — Não sei. Não eram todas magras?
Quero dizer mais. Quero falar sobre a menina e suas brotoejas e seus olhos tristes. Quero contar a ele o que ela disse. Espero que ela tenha alguém com quem falar. Quero entender por que está com medo. Não faz sentido para ela ter medo por mim.
— Como está sua bebida? — pergunta Jake. — Doce demais?
— Está boa. Não é doce demais.
— É por isso que não gosto de pegar essas bebidas geladas, as limonadas e frozens, porque são sempre absurdamente doces. Devia ter pegado um sorvete Blizzard.
— Deve ser legal poder tomar sorvete quando quiser.

— Você sabe o que eu quiz dizer.

Balanço o copo na mão e puxo o canudo para cima e para baixo, a fricção fazendo um som estridente.

— É azedo também – digo. – Azedo falso, mas azedo. Equilibra com o doce.

A bebida de Jake está derretendo no suporte para copo. Logo vai estar completamente líquida. Ele só bebeu metade.

— Sempre me esqueço como é difícil terminar isso. Eu só precisava de um pequeno. Não tem nada de médio no médio.

Eu me inclino para a frente e ligo o aquecedor.

— Com frio? – pergunta Jake.

— É, um pouquinho. Provavelmente por causa da limonada.

— Também estamos numa tempestade de neve. De quem foi a ideia de pegar bebidas geladas, afinal?

Ele olha para mim e ergue as sobrancelhas.

— Não sei no que eu estava pensando – diz. – Fico enjoado disso depois de quatro goles.

— Não vou dizer nada – digo, levantando as mãos. – Nem uma palavra.

Nós dois rimos.

Essa é provavelmente a última vez que vou estar num carro com Jake. Parece uma pena quando ele está assim, brincando, quase feliz. Talvez eu não devesse acabar com tudo. Talvez eu devesse parar de pensar nisso e apenas curtir. Curtir a gente. Curtir conhecer alguém. Por que estou colocando tanta pressão na gente? Talvez vá melhorar. Talvez seja possível. Talvez funcione com tempo e esforço. Mas se não se pode contar ao outro o que se pensa, qual é o sentido?

Acho que é um mau sinal. E se ele estiver pensando a mesma coisa sobre mim agora? E se for ele quem está pensando em terminar, mas também ainda está se divertindo, ou não totalmente cansado de mim, então estava me mantendo por perto para ver o que aconteceria? Se é isso que tem se passado na cabeça dele, eu ficaria chateada.

Eu deveria terminar. Preciso.

Sempre que escuto o clichê "não é você, sou eu" é difícil não rir. Mas realmente é verdade neste caso. Jake é apenas o Jake. Ele é uma boa pessoa. É esperto e bonito, da forma dele. Se fosse um idiota ou perverso ou feio ou qualquer coisa, daí ele seria o culpado por eu terminar, mais ou menos. Mas ele não é nada disso. Ele é uma pessoa. Eu só não acho que nós dois combinamos. Falta um ingrediente e, se estou sendo sincera, sempre faltou.

Então provavelmente é o que vou dizer: não é você, sou eu. É uma questão minha. Sou eu que tenho um problema. Estou colocando você numa posição injusta. Você é uma boa pessoa. Preciso trabalhar algumas coisas. Você precisa seguir em frente. Nós tentamos, tentamos mesmo. E nunca se sabe o que pode acontecer no futuro.

– Parece que você terminou – diz Jake.

Percebo que coloquei minha limonada no suporte para copos. Está derretendo. Eu terminei. Acabei.

– Estou com frio. É interessante ver as coisas derreterem e me sentir com frio.

– Foi meio que uma parada desperdiçada. – Ele olha para mim. – Desculpe.

— Pelo menos posso dizer que fui ao Dairy Queen no meio do nada numa tempestade de neve. É algo que nunca farei novamente.

— Deveríamos nos livrar desses copos. Eles vão derreter e os suportes vão ficar grudentos.

— É – digo.

— Acho que sei para onde podemos ir.

— Quer dizer, para jogar fora?

— Se continuarmos em frente, há uma estrada à esquerda. Descendo essa estrada um pouco, tem uma escola de ensino médio. Podemos nos livrar dos copos lá.

É tão importante assim se livrar dos copos? Por queараríamos apenas para fazer isso?

— Não é longe, é? – pergunto. – A neve não vai melhorar nem um pouco. Eu gostaria mesmo de ir para casa.

— Não é muito longe, acho que não. Só não quero jogar os copos pela janela. Vai te dar uma chance de ver mais dessa área.

Não estou certa se ele está brincando sobre "ver" mais dessa área. Olho pela janela. É só uma mistura de neve soprando e trevas.

— Sabe o que quero dizer – diz ele.

Vários minutos descendo a estrada, chegamos à saída à esquerda. Jake a pega. Se eu achava que a estrada original era uma estradinha secundária, essa redefine o conceito de secundária. Não é larga o suficiente para dois carros. É densamente arborizada, uma floresta.

— Por aqui – diz Jake. – Eu agora lembro.

— Mas você não estudava nessa escola, estudava? É longe da sua casa.

– Nunca estudei aqui. Mas já dirigi por aqui antes.

A estrada é estreita e serpenteia indo e vindo. Só posso ver o que os faróis permitem. As árvores dão lugar a campos. A visibilidade é quase zero. Toco as costas da mão na janela. O vidro está frio.

– Quão mais à frente, exatamente?

– Acho que não muito mais. Não consigo lembrar.

Eu me pergunto por que estamos fazendo isso. Por que simplesmente não deixamos as bebidas derreterem? Eu preferiria voltar para casa e me limpar a ter que passar sei lá mais quanto tempo me aprofundando nesses campos. Nada faz sentido. Quero que isso acabe.

– Aposto que é bacana durante o dia – digo. – Pacífico. – Tentando ser positiva.

– Sim, com certeza remoto.

– Como está a estrada?

– Zoada, escorregadia; estou indo devagar. Não limparam a neve ainda. Não deve ser muito mais longe. Desculpe, achei que era mais perto.

Estou começando a me sentir ansiosa. Não muito. Um pouco. Foi uma noite longa. A viagem para cá, a caminhada ao redor da fazenda, conhecer os pais dele. A mãe. O que o pai disse. O irmão. E pensar em acabar com tudo o tempo todo. Tudo. E agora esse desvio.

– Olha – diz ele. – Eu sabia. Lá em cima. Eu sabia. Está vendo? É isso.

Algumas centenas de metros à frente, à direita, há um prédio grande. Não consigo vislumbrar muito mais do que isso.

Finalmente. Depois disso, talvez possamos ir para casa.

ELE ESTAVA CERTO, no fim das contas; estou feliz em ver essa escola. É imensa. Deve ter uns dois mil alunos que a frequentam todo dia. É uma dessas grandes escolas rurais. Não faço ideia, obviamente, de qual é o corpo estudantil, mas deve ser enorme. E no fim de uma estradinha tão longa e estreita.

– Você não achou que ia ser assim, achou? – ele perguntou. Não sei o que eu esperava. Não isso.

– O que uma escola faz aqui, no meio do nada?

– Vai ser um lugar para se livrar desses copos. – Jake diminui a velocidade do carro quando passamos na frente.

– Ali – digo. – Bem ali.

Há um suporte para bicicletas com uma bicicleta sem marcha presa e um latão de lixo verde na frente de um grupo de janelas.

– Precisamente – diz ele. – Tá, já volto.

Ele pega os dois copos numa das mãos, usando o polegar e o indicador como pinça. Abre a porta com o joelho, sai e a bate com força. Deixa o carro ligado.

Eu vejo Jake caminhar além do suporte para bicicletas em direção à lata de lixo. Aquele caminhar com os pés para dentro, ombros caídos, cabeça para baixo. Se eu o visse pela primeira vez agora, acharia que sua postura curvada é por causa da neve, do frio. Mas é apenas ele. Eu *conheço* seu jeito de andar, sua postura. Eu reconheço. É uma pernada, passadas indelicadamente longas, lentas. Coloque ele e alguns outros em esteiras e mostre suas pernas e seus pés. Eu poderia identificá-lo numa fileira de suspeitos me baseando apenas em sua caminhada.

Olho através do para-brisa para os limpadores. Eles fazem um som motorizado de fricção. Estão apertados demais no vidro. Jake segura os copos na mão. Ele tem a tampa da lata de lixo na outra mão. Está olhando para dentro do lixo. Vamos, depressa, jogue isso fora.

Ele está apenas parado ali. O que está fazendo?

Ele olha de volta para o carro, para mim. Dá de ombros. Coloca a tampa de volta no lixo e segue em frente, para longe do carro. Para onde está indo? Ele para na esquina da escola por um momento, depois continua à direita, fora de vista, rodeando a lateral da escola. Ainda está com os copos.

Por que não os jogou fora?

Está escuro. Não há postes de luz. Acho que não há nenhuma desde que viramos nessa rua de trás. Eu realmente não tinha notado. A única luz vem de um holofote amarelo no teto da escola. Jake havia mencionado o quão escuro é no campo. Eu estava menos consciente disso na fazenda. Aqui definitivamente está escuro.

Para onde ele está indo? Eu me inclino à esquerda e desligo os faróis. O terreno à minha frente desaparece. Apenas uma luz solitária para todo o pátio da escola. Tanta escuridão, tanto espaço. A neve está ficando bem pesada.

Não passei muito tempo do lado de fora de nenhuma escola de noite, quanto mais de uma escola rural no meio do nada. Quem de fato vai para essa escola? Devem ser filhos de fazendeiros. Eles devem ser trazidos de ônibus. Mas não há casas ao redor. Não há nada aqui. Uma rua, árvores e campos, e campos.

Eu me lembro de uma vez que tive que voltar para minha escola tarde da noite. Eu às vezes ficava lá por mais ou menos uma

hora depois que as aulas acabavam, para eventos ou reuniões. Nunca foi muito diferente das horas normais de aula. Mas uma vez voltei depois do jantar, quando todo mundo tinha ido embora, quando estava escuro. Sem professores. Sem alunos. Eu tinha esquecido algo, mas não me lembro o quê.

Fiquei surpresa por ter encontrado a porta da frente aberta. Primeiro, bati nas portas duplas, supondo que estivessem fechadas. Pareceu estranho bater na porta da escola, mas tentei mesmo assim. Então agarrei a maçaneta, e estava aberta. Deslizei para dentro. Estava muito silencioso e deserto, o exato oposto do que a escola normalmente era. Eu nunca tinha estado sozinha na escola.

Meu armário ficava do outro lado da escola, então tive que caminhar pelos corredores vazios. Cheguei à minha sala de inglês. Eu ia passar direto, mas parei na porta. Todas as cadeiras estavam em cima das mesas. As latas de lixo no corredor, perto de mim. Um zelador estava lá, limpando. Eu sabia que não deveria estar ali, mas permaneci mesmo assim. Por um momento, eu o observei.

Ele usava óculos e o cabelo era desgrenhado. Estava varrendo. Não se movia rapidamente. Estava indo devagar. Eu nunca havia considerado antes como nossas salas de aula estavam sempre arrumadas. Nós vínhamos todos os dias para nossa aula, ocupávamos a sala, então partíamos para casa, deixando nossa bagunça para trás. No dia seguinte chegávamos e a sala estava limpa. Nós bagunçávamos novamente. E no dia seguinte todos os traços da nossa bagunça haviam sumido. Eu nem notava. Nenhum de nós. Eu só teria notado se a bagunça não tivesse sido limpa.

O zelador estava tocando uma fita num som portátil. Não era música, mas uma história, como um audiolivro. Estava ligado muito alto. Uma única voz. Um narrador. O zelador era meticuloso em seu trabalho. Não me viu.

AQUELAS MENINAS. As do Dairy Queen. Provavelmente são alunas dessa escola. Parece um longo caminho para elas virem. Mas lá onde ficava o Dairy Queen deve ser a cidadezinha mais próxima. Eu ligo os faróis novamente. Onde está Jake? O que está fazendo?

Abro a porta. Está nevando mais forte com certeza, forte o suficiente para cair, derreter e molhar o interior da porta. Eu me inclino para fora, forçando a vista na escuridão.

– Jake? O que está fazendo? Vem logo.

Sem resposta. Seguro a porta aberta por vários segundos, rosto no vento, escutando.

– Jake, vamos!

Nada.

Fecho a porta. Não faço ideia de onde estou. Não acho que consiga apontar minha localização num mapa. Sei que não seria capaz. Este lugar provavelmente não está nem no mapa. E Jake me deixou. Estou sozinha agora. Comigo mesma. Neste carro. Não vi um veículo passar, não que eu estivesse prestando atenção. Mas certamente nenhum carro passa por essa estrada, não de noite. Não consigo me lembrar da última vez que me sentei num carro num lugar desconhecido. Eu me inclino para tocar a buzina, uma vez, duas vezes. Uma terceira, longa e agressiva buzinada. Eu deveria estar na cama há horas.

Lugar nenhum. Isso é lugar nenhum. Não é uma cidade nem uma vila. Isso são campos, árvores, neve, vento, céu, mas não são nada. O que as meninas do Dairy Queen pensariam se nos vissem aqui? Aquela com as brotoejas no braço. Os calombos. Ela se perguntaria por que paramos aqui no meio da noite, por que estamos na escola dela. Eu me solidarizei com aquela menina. Gostaria de ter conversado mais com ela. Por que ela disse aquilo para mim? Por que estava assustada? Talvez eu pudesse tê-la ajudado. Talvez eu devesse ter feito algo.

Imagino que a escola não seja um bom lugar para ela. Provavelmente é solitário. Aposto que ela não gosta de estar lá. Ela é esperta e capaz, mas por vários motivos prefere sair da escola a chegar. A escola deveria ser um lugar de que ela gosta, onde ela se sente bem-vinda. Aposto que não é. É só minha impressão. Talvez eu esteja lendo nas entrelinhas.

Abro o porta-luvas. Está cheio. Não os mapas de costume e documentos. São lenços de papel embolados. Estão usados? Ou só embolados? Há muitos deles. Um tem um ponto vermelho. Pontos de sangue? Eu tiro a caixa de lenços. Há um lápis aqui também. Um bloco de notas. Sob o bloco há algumas fotos e um par de papéis de bala.

— O que está fazendo?

Ele está se inclinando no carro, prestes a sentar, com o rosto vermelho, neve nos ombros e na cabeça.

— Jake! Meu Deus, você me assustou. — Eu fecho o porta-luvas. — O que estava fazendo lá fora há tanto tempo? Para onde foi?

— Estava me livrando dos copos.

— Vamos. Entre, rápido. Vamos embora.

Ele fecha a porta, então se estica sobre mim e abre o porta-luvas. Olha para dentro e o fecha novamente. A neve nele está derretendo. Sua franja está bagunçada e presa à testa. Os óculos ficam embaçados com o calor do carro. Ele é bem bonito, especialmente com bochechas vermelhas.

— Por que simplesmente não jogou os copos naquela lata de lixo? Você estava ali. Eu vi.

— Não era uma lata de lixo. O que estava procurando no porta-luvas?

— Nada. Eu não estava procurando. Estava esperando por você. O que quer dizer com "não era uma lata de lixo"?

— Está cheia de sal para a rua. Para quando estiver com gelo. Imaginei que provavelmente houvesse um latão lá atrás — disse ele, removendo os óculos. Ele faz algumas tentativas para encontrar um pedaço satisfatório de camisa, sob seu casaco, para secar e desembaçar os óculos. Eu já o vi fazer isso antes, secar os óculos na camisa.

— E lá estava. O latão. Mas fui um pouco mais à frente. Tem um campo enorme lá atrás. Parece continuar para sempre. Eu não consegui ver além dele.

— Não gosto daqui — digo. — Não tinha ideia do que você estava fazendo. Deve estar congelando. Por que tem uma escola tão grande no meio do nada, afinal, sem casas ao redor? É preciso ter casas e pessoas e crianças se vai ter uma escola.

— Esta escola é antiga. Está aqui desde sempre. É por isso que está em tão mau estado. Todo moleque de fazenda num raio de sessenta quilômetros vem aqui.

— Ou vinha.

— O que quer dizer?
— Não sabemos se ainda está aberta, sabemos? Talvez esta escola esteja fechada e não tenha sido demolida ainda. Você acabou de dizer que está em péssima condição. Não sei. Parece vazio aqui. Vago.
— Pode apenas estar fechada para as férias. Pode ser. As aulas já recomeçaram?
— Não sei. Só estou dizendo que é a sensação que tenho.
— Por que eles teriam sal de rua no latão se a escola não estivesse funcionando?
Isso é verdade. Não posso explicar.
— Está muito úmido aqui — diz Jake. Está usando a parte de baixo da camisa para secar o rosto agora, ainda segurando os óculos com uma das mãos.
— Havia uma caminhonete lá atrás. Então, tristemente, sua teoria de que a escola é abandonada e desprovida de vida é inválida.
Ele é o único cara que conheço que usa a palavra *tristemente* numa conversa como acabou de fazer. E *inválida*.
— Atrás onde?
— Atrás da escola. Onde encontrei o latão. Tem uma caminhonete preta.
— Sério?
— É, uma velha picape enferrujada.
— Talvez esteja abandonada. Se é um ferro-velho, atrás de uma velha escola de merda bem no meio do nada, esse seria o lugar ideal para jogá-la. Talvez o melhor lugar.
Jake olha para mim. Está pensando. Já vi essa expressão antes. Ver esses trejeitos que eu conheço, que gosto, e pelos quais

sou atraída, é amável e reconfortante. Fico feliz que ele esteja aqui. Ele coloca os óculos de volta.

— O escapamento estava pingando.

— E?

— Então a caminhonete foi dirigida. Condensação do cano de escapamento significa que o motor foi ligado recentemente. Não ficou apenas parado ali. Acho que havia marcas de pneu na neve também, talvez. Mas definitivamente pingos do escapamento.

Não sei o que dizer. Estou perdendo interesse. Rápido.

— O que isso quer dizer, afinal, uma caminhonete?

— *Significa* que alguém está aí — diz ele. — Tipo um funcionário, talvez, não sei, algo assim. Alguém na escola, só isso.

Espero um tempo antes de falar. Jake está tenso, posso ver. Não sei por quê.

— Não, podia ser qualquer coisa. Podia ser...

— Não — ele retruca. — É isso mesmo. Alguém está aí. Alguém que não estaria aqui se não tivesse que estar. Se ele pudesse estar em outro lugar, qualquer outro lugar, é onde estaria.

— Tá, só estou dizendo. Não sei. Talvez tenha havido uma carreata e um veículo ficou para trás. Ou algo assim.

— Ele está ali sozinho, trabalhando. Um zelador. Limpando depois dos moleques todos. É o que ele faz a noite toda enquanto todos dormem. Privadas entupidas. Sacos de lixo. Comida desperdiçada. Adolescentes que mijam no chão do banheiro só por diversão. Imagina só.

Eu afasto o olhar de Jake, pela janela, para a escola. Deve ser difícil manter esse grande prédio limpo. Depois de todos os alunos passarem um dia aqui, estaria em ruínas. Especialmente os

banheiros e a cantina. Então é dever de uma pessoa limpar a coisa toda? Em poucas horas?

– Enfim, quem se importa, só vamos embora. Já está bem tarde. Você precisa trabalhar amanhã.

E minha cabeça. Começou a pulsar novamente. Pela primeira vez desde que saímos da Dairy Queen, Jake remove a chave da ignição e coloca no bolso. Esqueci que ainda estava ligado. Às vezes você não nota o som até que ele suma.

– Que pressa é essa de repente? Não é nem meia-noite.

– Quê?

– Não é tão tarde. E tem a neve. Já estamos aqui fora. Até que é legal e recluso. Vamos esperar um pouquinho.

Não quero entrar numa discussão. Não agora, não aqui. Não quando tomei minha decisão sobre Jake, sobre nós. Eu me viro para longe novamente e olho pela janela. Como vim parar nessa situação?

Eu rio alto.

– Que foi? – pergunta ele.

– Nada, é só...

– Só o quê?

– Sério, não é nada. Estava pensando em algo engraçado que aconteceu no trabalho.

Ele me olha como quem não acredita que eu pude contar uma mentira tão óbvia.

– O que achou da fazenda? Dos meus pais?

Agora ele me pergunta? Depois de todo esse tempo? Eu hesito.

– Foi divertido ver onde você cresceu. Eu te disse isso.

— Achou que seria assim? Foi como você imaginou?
— Não sei o que pensei. Não passei muito tempo no campo, ou numa fazenda. Eu não tinha realmente uma ideia de como seria. Foi meio o que eu pensava, acho, claro.
— Surpreendeu você?

Eu me remexo no assento, para a esquerda, em direção a Jake. Que perguntas estranhas. Fora do feitio do Jake. Claro que não era realmente o que achei que seria.

— Por que acharia que me surpreendeu? Por quê?
— Só estou curioso com o que você achou. Pareceu um bom lugar para se crescer?
— Seus pais foram adoráveis. Foi gentil da parte deles me convidar. Gostei da corrente dos óculos do seu pai. Ele tem um charme de antigamente. Ele nos convidou para passar a noite.
— Convidou?
— Sim. Disse que faria café.
— Eles lhe pareceram felizes?
— Seus pais?
— É, estou curioso. Tenho me perguntado sobre eles recentemente. Quão felizes estão. Estiveram sob estresse. Eu me preocupo com eles.
— Eles pareciam bem. Sua mãe está vivendo um momento difícil, mas seu pai pareceu apoiar.

Estavam felizes? Não tenho certeza. Os pais dele não pareceram explicitamente infelizes. Houve uma discussão, as coisas que ouvi por acaso. O vago bate-boca depois do jantar. É difícil dizer o que é ser feliz. Algo realmente pareceu um pouco errado. Talvez tenha a ver com o irmão de Jake. Não sei. Como ele disse, eles pareceram estar sob estresse.

Sua mão toca minha perna.

– Estou feliz que tenha vindo.

– Eu também – digo.

– Sério, significa muito. Queria que você visse aquele lugar faz muito tempo.

Ele se inclina e beija meu pescoço. Eu não esperava. Sinto meu corpo tenso e me seguro no assento. Ele se aproxima, me puxando para perto. Sua mão está na minha camisa, por cima do meu sutiã, descendo novamente. Move-se sobre minha barriga, minha cintura, a parte de baixo das minhas costas.

A mão esquerda acaricia meu rosto, minha bochecha. A outra mão está atrás da minha cabeça, jogando meu cabelo para trás da orelha. Encosto no apoio de cabeça. Ele beija o lóbulo da minha orelha, na parte de trás.

– Jake.

Jake empurra meu casaco de lado e puxa minha camisa para cima. Nós paramos quando a camisa nos bloqueia. Ele a arranca e a deixa cair sobre meus pés. A sensação é boa. Suas mãos. Seu rosto. Eu não deveria fazer isso. Não quando estou pensando em acabar com tudo. Mas está gostoso agora. Está, sim.

Ele beija meu ombro nu, no ponto onde pescoço e ombro se encontram.

Talvez seja tarde demais para saber. Não importa. Nossa, só quero que ele continue a fazer o que está fazendo. Quero beijá-lo.

– Steph – sussurra.

Eu paro.

– O quê?

Ele geme, beijando meu pescoço.

— O que você disse?

— Nada.

Ele me chamou de Steph? Chamou? Inclino a cabeça para trás quando ele começa a beijar meu peito. E fecho os olhos.

— Que merda é essa? — diz ele.

Jake tensiona, recua, então se inclina sobre mim novamente, me protegendo. Um tremor corre por mim. Ele esfrega a mão na janela, limpando um pouco do embaçamento.

— Que merda é essa? — repete, dessa vez mais alto.

— Quê? — Busco a camisa no chão. — O que há de errado?

— Merda — diz ele, ainda se inclinando sobre mim. — Como eu disse, tem alguém na escola. Senta. Rápido. Coloque sua camisa. Depressa.

— Quê?

— Não quero te assustar. Senta. Ele pode nos ver. Ele estava olhando.

— Jake? Do que está falando?

— Ele estava nos encarando.

Eu me sinto desconfortável, uma pontada no estômago.

— Não consigo achar minha camisa. Está aqui em algum lugar no chão.

— Quando olhei por cima do seu ombro, eu vi alguém. Era um homem.

— Um homem?

— Um homem. Estava parado naquela janela, ali, e não estava se movendo nem nada, apenas encarando, direto para o carro, para nós. Ele podia nos ver.

– Isso está bizarro, Jake. Não gosto disso. Por que ele estava olhando para nós?

– Não sei, mas não é certo.

Jake está agitado, irritado.

– Tem certeza de que havia alguém ali? Não consigo ver ninguém.

Eu me viro no banco, na direção da escola. Tento ficar calma. Não quero irritá-lo ainda mais. Vejo as janelas das quais está falando. Mas não há ninguém. Nada. Se alguém esteve ali, poderia ter nos visto, facilmente.

– Estou certo. Eu o vi. Ele estava... encarando a gente. Estava curtindo observar a gente. É doentio.

Encontrei minha camisa e a passei sobre a cabeça. O carro está ficando frio com o motor desligado. Preciso colocar meu casaco de volta.

– Relaxe; deixe pra lá. Como você disse, provavelmente algum zelador entediado. Ele provavelmente nunca viu ninguém aqui tão tarde antes. Só isso.

– Relaxar? Não, isso é uma merda. Ele não estava preocupado. Ele não estava se perguntando se estávamos bem. Ele não estava entediado. Estava nos encarando.

– O que quer dizer?

– Estava com um olhar safado. É doentio.

Coloco as mãos no rosto e fecho os olhos.

– Jake, não me importo. Vamos nessa.

– Eu me importo. É um tarado de merda. Estava fazendo algo. Tenho certeza. O cara é um pevertido. Gostou de olhar para nós.

– Como sabe?

— Eu o vi. Eu o conheço. Ou caras como ele, quero dizer. Ele deveria ter vergonha na cara. Houve um movimento na mão dele, um gesto tipo um aceno. Ele sabe.

— Calma aí. Não acho que ele estivesse fazendo nada. Como pode ter certeza?

— Não posso simplesmente ignorá-lo. Não posso. Eu consigo vê-lo.

— Jake, podemos apenas ir embora, por favor? Escute, estou te pedindo. Por favor.

— Vou foder com ele. Ele não pode fazer isso.

— Quê? Não. Esquece. Vamos embora. Estamos indo.

Eu me estico, mas Jake empurra minha mão, de modo nada suave. Está balançando a cabeça. Está furioso. Está em seus olhos. Suas mãos tremem.

— Não vamos a lugar algum até eu falar com ele. Isso não está certo.

Nunca vi Jake assim, nem perto disso. Ele empurra minha mão violentamente. Preciso acalmá-lo.

— Jake, vamos. Olhe para mim por um segundo. Jake?

— Não vamos embora até eu falar com ele.

Observo, incrédula, quando ele abre a porta. O que está havendo? O que ele está fazendo? Eu me estico, agarro seu braço direito.

— Jake? Tem uma tempestade de neve! Volte para o carro. Esqueça isso. Jake. Vamos, sério.

— Espere aqui.

É uma ordem, não uma sugestão. Sem olhar de volta para mim, ele bate a porta com força.

– Quê? Que idiota – digo para o carro vazio e silencioso. – Meu Deus.

Eu o vejo marchar pela lateral da escola até estar fora de vista. Quase um minuto se passa antes de eu me mover. O que acabou de acontecer?

Estou confusa. Não entendo. Achei que conhecia melhor o Jake, achei que pudesse ao menos prever seu humor e suas reações. Isso parece totalmente fora do feitio dele. Sua voz e linguagem. Ele geralmente nem fala palavrões.

Eu não tinha ideia de que ele tinha esse gênio.

Sei de gente com pavio curto, que surta no trânsito e coisas assim. Jake acabou de ter um desses momentos. Não havia nada que eu pudesse dizer ou fazer para trazê-lo de volta ao juízo. Ele saiu sozinho e não me ouviria.

Não entendo por que ele precisava falar com esse cara ou gritar com ele ou o que quer que vá fazer. Por que não deixa para lá? O cara viu um carro na frente e se perguntou quem estava nele. Só isso. Eu ficaria curiosa também.

Acho que não tinha percebido que Jake era capaz de tamanha comoção. Na verdade, é o que eu queria, acho. Ele nunca demonstrou nenhum sinal disso. Ele nunca demonstrou nada extremo. É por isso que é tão estranho. Eu devia ter ido com ele. Ou pelo menos sugerido isso. Isso poderia fazê-lo perceber como é idiota sair esbravejando lá fora.

Encontro minha jaqueta no chão do banco traseiro e a visto.

Eu podia ter tentado relaxá-lo mais. Eu podia ter feito uma piada ou algo assim. É só que aconteceu tudo tão rápido. Olho na direção da escola, para a lateral aonde Jake foi. A neve ainda está

caindo. Pesada e com vento. Não deveríamos nem estar dirigindo, não quando está assim.

Acho que posso entender por que isso o chateou. Ele tinha tirado minha camisa. Íamos transar. Poderíamos ter transado. Jake se sentiu vulnerável. Vulnerabilidade nos faz perder nossa habilidade de pensar com clareza. Mas era eu quem estava sem camisa. E eu só queria ir embora. Apenas dirigir para longe. É o que deveríamos ter feito.

Jake viu o cara. Se eu levantasse o olhar e visse um cara nos encarando através da janela da escola enquanto estávamos daquele jeito, naquela posição, independentemente do que o cara estivesse fazendo, talvez eu tivesse perdido a cabeça também. Especialmente se o cara tivesse uma aparência estranha. Eu definitivamente teria surtado.

Quem é esse cara?

Um trabalhador noturno? Um zelador, como Jake sugeriu? É a única coisa que faz sentido, mas parece desatualizado de certa forma.

Que emprego, zelador noturno. Aqui completamente sozinho, noite após noite. E especialmente nessa escola. Aqui no interior, ninguém ao redor. Talvez ele goste, no entanto, talvez aprecie a solidão. Pode limpar a escola no ritmo que quiser. Pode simplesmente fazer seu trabalho. Não tem ninguém para dizer a ele como ou quando fazer. Contanto que cumpra o dever. É como funciona. Ele desenvolveu uma rotina em todos esses anos e pode fazer sem nem ao menos pensar. Mesmo se houvesse gente ao redor, ninguém notaria um zelador.

É um trabalho que eu poderia curtir. Não limpar e varrer. Mas estar sozinha, a solidão. Ele tem que ficar acordado a noite toda, mas não precisa lidar com nenhum dos alunos, não tem de ver o quão descuidados eles são, quão bagunceiros, relaxados e sujos. Mas ele sabe melhor do que ninguém, porque tem de lidar com o resultado. Ninguém mais tem.

Se eu pudesse trabalhar sozinha, acho que preferiria. Estou quase certa de que sim. Sem papo furado, sem planos futuros para discutir. Ninguém se inclinando sobre sua mesa para fazer perguntas. Você só faz seu trabalho. Se eu pudesse trabalhar basicamente sozinha, e ainda estivesse morando sozinha, as coisas seriam mais fáceis. Tudo seria um pouco mais natural.

Mesmo assim, ficar sozinho aqui a noite toda, sobretudo numa escola tão grande. É um trabalho bizarro. Olho de volta para a escola, escura e silenciosa, assim como o interior do carro.

O único livro que Jake já me deu, e ele me deu cerca de uma semana depois de nos conhecermos, é chamado *O náufrago*. É desse autor alemão, Bernhard alguma coisa. Está morto agora, e eu não conhecia o livro até Jake me dar. Jake escreveu "Outra história triste" no lado de dentro.

O livro todo é um monólogo de um parágrafo só. Jake sublinhou uma parte. "Existir não significa nada além de desespero... porque não existimos, nós tomamos existência." Continuo pensando sobre o que isso significava depois de ler. Outra história triste.

Escuto um estalo metálico abrupto de algum lugar à minha direita, da escola. Fico assustada. Eu me viro na direção do som. Nada além da neve rodopiando. Nenhum sinal de movimento ou

luz, além do holofote amarelo. Espero por outro som, mas não vem. Houve movimentação na janela? Não sei dizer. Definitivamente escutei algo. Tenho certeza de que sim.

A neve está por toda parte. É difícil ver a estrada pela qual viemos. Está apenas a cinquenta metros de distância, mais ou menos. Está muito gelado aqui. Instintivamente coloco a mão no ventilador. Jake desligou o carro. Levou as chaves. Fez isso sem pensar.

Outro som estridente. E outro. Meu coração dá um salto, batendo mais depressa, mais pesado. Eu me viro e olho pela janela novamente. Não quero mais olhar. Não gosto disso. Quero ir. Eu realmente quero ir agora. Quero que isso termine. Onde está o Jake? O que ele está fazendo? Há quanto tempo se foi? Onde estamos?

Sou alguém que passa muito tempo sozinha. Eu curto minha solidão. Jake acha que passo tempo demais sozinha. Talvez esteja certo. Mas não quero ficar sozinha agora. Não aqui. Como Jake e eu falávamos na viagem, contexto é tudo.

Há um quarto estrondo. É o mais alto de todos. Está definitivamente vindo de dentro da escola. Isso é ridículo. É Jake quem tem que trabalhar pela manhã, não eu. Posso ficar dormindo. Por que eu concordei com isso? Eu não devia ter vindo com ele. Tinha que ter terminado isso há muito tempo. Como vim parar aqui? Eu não devia ter concordado em visitar os pais dele, visitar a casa em que ele cresceu. Isso não foi justo. Mas eu estava curiosa. Eu deveria estar em casa, lendo ou dormindo. Não foi a época certa. Eu deveria estar na cama. Sabia que Jake e eu não duraríamos. Eu sabia. Sabia desde o começo. Agora estou sentada neste carro congelado e idiota. Abro a porta. Mais vento corre para dentro.

– JAAAAAKE!

Sem resposta. Quanto tempo faz? Dez minutos? Mais tempo? Ele já não deveria estar de volta? Aconteceu tão rápido. Ele estava obcecado em confrontar aquele homem. Isso significa falar com ele, gritar, lutar, ou...? Qual é a questão?

É quase como se Jake estivesse chateado com outra coisa, algo de que eu não tenho consciência. Talvez eu devesse procurar por ele. Não posso esperar aqui no carro para sempre. Ele me disse para ficar aqui. Foi a última coisa que disse.

Não me importo se ele está irritado. Ele não deveria ter me deixado aqui sozinha. No escuro. No frio. Pensando em terminar com tudo. É loucura. Estamos num fim de mundo de merda. Isso é muito injusto e fodido. Por quanto tempo vou ter que ficar aqui?

Mas o que mais posso fazer? Não tenho muitas opções. Tenho que ficar. Não tem nenhum lugar para caminhar daqui. Está frio demais e escuro, de todo modo. Não tem como ligar para alguém, porque a porcaria do meu celular está descarregado. Preciso esperar. Mas não quero apenas ficar aqui no frio. Fica cada vez mais frio. Preciso encontrá-lo.

Eu me viro e passo a mão pelo chão atrás do banco do motorista. Tento encontrar o chapéu de lã do Jake. Eu o vi colocar ali quando entramos no carro. Eu sinto. Vai ficar um pouco grande em mim, mas preciso dele. Coloco. Não é tão grande. Cai melhor do que eu esperava.

Abro a porta do carro, giro minhas pernas para fora e fico de pé. Fecho a porta sem bater.

Eu me movo lentamente em direção à escola. Estou tremendo. Tudo que consigo ouvir são meus pés na calçada, esmagando

a neve. É uma noite escura. Escura. Deve ser sempre escuro aqui fora. Minha respiração é visível, mas evapora ao meu redor. A neve está caindo num ângulo com o vento. Por alguns segundos, um momento, não tenho certeza de quanto tempo, eu olho para o céu, todas as estrelas. É incomum conseguir ver tantas estrelas. Eu imaginaria que a tempestade trouxesse nuvens. Estrelas. Por todo lado.

Subo para a janela da escola e espio. Faço uma viseira nos olhos com as mãos. Há persianas, do chão ao teto. Não consigo ver ninguém pelas fendas. Parece uma biblioteca ou um escritório. Há prateleiras de livros. Eu bato no vidro frio. Olho de volta para o carro. Estou a cerca de um metro dele. Bato novamente, mais forte desta vez.

Vejo a lata de lixo verde. Caminho até ela e tiro a tampa. Jake estava certo. Está cheia de sal bege. Coloco a tampa. Não encaixa. Está lascada e empenada. Não posso me sentar no carro novamente. Preciso procurar pelo Jake. Caminho para a lateral da escola aonde Jake foi. Ainda posso vislumbrar seus passos, mais ou menos.

Eu esperava encontrar uma estrutura de playground aqui. Mas esta é uma escola de ensino médio; eles não teriam um. Viro num canto, seguindo o caminho de Jake. Eu implorei para que ele ficasse no carro comigo. Não temos que estar aqui.

Vejo dois latões de lixo verdes à frente, e depois deles mais escuridão, campos. Esses devem ser os latões onde ele se livrou dos copos. Onde ele está?

– Jake! – chamo, caminhando em direção aos lixões. Estou me sentindo insegura, arisca. Não gosto daqui. Não estou gostando de ficar sozinha aqui.

— O que está fazendo? Jake? JAAAKE?
Não consigo ouvir nada. O vento. À minha esquerda há uma quadra de basquete. Não tem rede ou corrente nas cestas tortas. Vejo traves de gol à frente no campo. Não há rede nelas. Traves enferrujadas de futebol em cada extremidade do campo.
Por que paramos aqui? Eu realmente precisava de confirmação para terminar tudo? Vou ficar solteira por um bom tempo, provavelmente para sempre, e estou bem com isso. Estou. Estou feliz sozinha. Solitária, mas satisfeita. Estar sozinha não é a pior coisa. Tudo bem ser solitária. Posso lidar com a solidão. Não podemos ter tudo. Não posso ter tudo.
Vejo uma porta à frente, logo além dos lixões. Jake deve estar na escola.
O vento é pior atrás da escola. É como um túnel de vento. Tenho que segurar o topo da minha jaqueta fechada. Caminho firmemente, cabeça abaixada, em direção às janelas ao lado da porta.
Nós não íamos durar. Eu sabia. Sabia. Ele estava empolgado com essa viagem por entender que era o nosso relacionamento avançando. Ele não ia me querer na casa de seus pais se soubesse de tudo que eu estava pensando. É tão raro que os outros saibam tudo em que pensamos. Mesmo aqueles de quem somos mais próximos, ou aparentemente mais próximos. Talvez seja impossível. Talvez até no casamento mais longo, mais próximo, mais bem-sucedido, o parceiro não saiba sempre no que o outro está pensando. Nunca estamos dentro da cabeça do outro. Nunca sabemos realmente os pensamentos do outro. E são pensamentos que contam. Pensamento é realidade. Ações podem ser forjadas.

Chego até as janelas e olho para dentro. Um grande corredor. Não consigo enxergar até o fim. Está escuro. Bato no vidro. Quero gritar, mas sei que não vai servir para nada.

Algo se move bem no fim do corredor. É o Jake? Acho que não. Jake estava certo. Alguém. Tem alguém aí.

Eu me abaixo, para longe da janela. Meu coração quase explode. Espio para dentro novamente. Não consigo ouvir nada. Tem alguém lá! É um homem.

Uma figura bem alta. Há algo pendurado no seu braço. Ele está virado para cá. Não está se movendo. Não acho que possa me ver. Não de tão longe. Por que não está se movendo? O que está fazendo? Está apenas parado lá. Imóvel.

É uma vassoura ou esfregão o que ele está segurando. Quero olhar, mas repentinamente sinto muito medo. Puxo a cabeça de volta para o muro de tijolos. Não quero que ele me veja. Fecho os olhos e cubro a boca com a mão. Eu não deveria estar aqui. Não deveria. Respiro pelas narinas, sugando o ar e soltando com força, ansiosamente.

Sinto como se estivesse debaixo d'água, com um peso, incapaz. Talvez ele possa me ajudar. Talvez eu devesse perguntar a ele onde Jake está. Espero por vinte segundos mais ou menos, e bem lentamente inclino a cabeça à frente para dar outra olhada.

Ele ainda está lá, no mesmo ponto. Parado, olhando para cá. Olhando para mim. Quero gritar: "O que você fez com Jake?" Mas por que eu gritaria? Como sei se ele fez alguma coisa com Jake? Preciso ficar parada, quieta. Estou assustada demais. Ele é uma figura alta, magrela. Não consigo vê-lo com clareza. O corredor é muito longo. Ele parece velho, talvez tenha os ombros caídos.

Está usando uma calça azul-escura, acho. Uma camisa escura também: parecem roupas de trabalho.

O que há nas mãos dele? Luvas amarelas? Luvas de borracha? O amarelo se estende até metade do antebraço. Há algo em sua cabeça. Não consigo ver o rosto. É uma máscara. Eu não deveria olhar. Deveria ficar abaixada, escondida. Deveria estar procurando uma forma de fugir disso. Estou suando. Posso sentir no meu pescoço, nas costas.

Ele está segurando o esfregão. Pode estar movimentando-o pelo piso agora. Estou forçando bastante a vista. Ele está se movendo. Quase como se estivesse dançando com o esfregão.

Eu me inclino de volta contra a parede, fora de vista. Quando olho novamente, ele se foi. Não, está aqui! Está no chão. Deitado com o rosto para baixo no chão. Os braços estão presos nas laterais. Está apenas deitado lá. Sua cabeça pode estar se movendo de um lado para outro. Subindo e descendo um pouco, também, talvez. Não gosto disso. Ele está rastejando? Está. Está rastejando, deslizando pelo corredor para sua direita.

Isso não é bom. Preciso encontrar o Jake. Precisamos sair daqui. Precisamos partir agora mesmo. Isso está seriamente errado.

Eu corro para a porta lateral. Preciso entrar.

Puxo a maçaneta, está aberta. Eu entro. O chão é de azulejos. O corredor está fracamente iluminado e se estende à minha frente, infinitamente.

– Jake?

Há um cheiro diferente aqui, antisséptico, químico, produtos de limpeza. Não vai ser bom para minha cabeça. Eu me es-

queci da dor de cabeça, mas sou lembrada disso. Uma dor torpe. Ainda aqui.

– Olá?

Dou alguns passos. A porta se fecha atrás de mim com um clique pesado.

– JAKE!

Tem um display de madeira e vidro à minha esquerda. Troféus, placas e pôsteres. Mais à frente, à direita, deve ser a diretoria. Ando até as janelas da diretoria e olho lá dentro. Parece antigo, a mobília, as cadeiras e o carpete. Há várias mesas.

O restante do corredor à minha frente é todo de armários. Escuros, pintados de azul. Quando eu me movo pelo corredor, passo por portas entre os armários. Todas as portas estão fechadas. As luzes estão apagadas. Há outro corredor no fim deste.

Vou até uma das portas e experimento. Está trancada. Há uma única janela retangular e vertical. Eu olho lá dentro. Mesas e cadeiras. Uma sala de aula típica. As luzes acima no corredor parecem estar num modo fraco. Talvez para poupar energia. Não são muito fortes neste corredor.

Meus sapatos molhados guincham no chão a cada passo. Seria difícil caminhar silenciosamente. Há um conjunto de portas duplas abertas no fim do corredor. Chego até elas, olho através delas, direita, então esquerda.

– Jake? Olá? Tem alguém aqui? Olá?

Nada.

Sigo adiante e viro à esquerda. Mais armários. Tirando o padrão no chão, que tem desenho e cor diferentes, este corredor é idêntico ao outro. Descendo o próximo corredor, vejo uma porta

aberta. É uma porta de madeira, sem janela. Mas está escancarada. Caminho pelo corredor e dou um pequeno passo para dentro. Bato na porta aberta.

– Olá?

A primeira coisa que vejo é um balde prateado com água cinza. Há algo familiar nesse cômodo. Eu sabia como ele seria antes de chegar aqui. O balde é do tipo com quatro rodinhas. E não tem esfregão. Penso em chamar o Jake novamente, mas não o faço.

O quarto – que mais se parece com um armário grande – está basicamente vazio, sujo. Dou alguns passos para dentro e vejo um calendário preso na parede mais distante. Há um ralo no meio do chão de concreto. Parece molhado.

Nos fundos e à esquerda do quarto, contra a parede, há uma mesa de madeira. Não vejo uma cadeira. Ao lado há um armário. Não é elaborado, apenas um armário alto. Parece com um caixão de pé.

Caminho cuidadosamente, pisando no ralo, até os fundos. Há imagens na parede também. Fotos. Uma xícara de café suja na mesa. Um conjunto de talheres. Um prato. Um micro-ondas branco numa mesa. Eu me inclino para ver as fotos. Numa das fotos presas na parede há um homem e uma mulher. Um casal. Ou talvez irmãos; eles são parecidos. O homem é velho. É alto, muito mais alto do que a mulher. Ela tem cabelo grisalho liso. Ambos têm rostos longos. Nenhum dos dois sorri. Nenhum parece feliz ou triste. Estão duros, sem expressão. É uma foto estranha para colocar numa parede. Pais de alguém?

Algumas das outras fotos são de um homem. Ele não parece ciente de que sua foto está sendo tirada, ou, se está, ele está relutando. O topo de sua cabeça não aparece na foto; foi cortada do

... 177

enquadramento. Numa foto, ele está sentado numa mesa, e podia ser esta mesa. Ele se inclina para longe e cobre o rosto com a mão esquerda. A qualidade não é muito boa. Todas as fotos são manchadas. Desbotadas. Pode ser ele, o homem que Jake viu, aquele que vi no corredor.

Olho mais de perto, examinando seu rosto nas fotos. Seus olhos são tristes. Familiares. Há algo nesses olhos.

Meus batimentos cardíacos se tornaram bastante perceptíveis, acelerando novamente. Posso sentir. O que ele estava fazendo antes de chegarmos? Não teria como ele saber que nós, ou qualquer um, pudéssemos estar aqui. Eu não o conheço.

No meio da mesa, ao lado de alguns papéis, há um pedaço de tecido, um trapo, amassado numa bola. Eu não tinha notado antes. Eu o pego. Está limpo e muito macio, como se tivesse sido lavado centenas, milhares de vezes.

Mas não. Não é um trapo mesmo. Quando eu o abro, vejo que é uma pequena camisa, de criança. É azul-clara com bolinhas brancas. Uma das mangas está rasgada. Eu a viro. Há uma pequena mancha de tinta no meio. Eu a jogo longe. Conheço a camisa. As bolinhas, a mancha de tinta. Eu reconheço. Eu tinha uma igual.

Essa era *minha* camisa. Não poderia ser minha camisa. Mas é. De quando eu era criança. Tenho certeza. Como pode ter vindo parar aqui? Do outro lado da mesa há uma pequena câmera de vídeo. Está presa atrás da TV com dois cabos.

– Alô? – digo.

Pego a câmera. É velha, mas bem leve. Olho para a TV e aperto o botão de ligar. É estática. Quero ir embora. Não gosto disso. Quero ir pra casa.

– Ei! – grito. – Jake!

Cuidadosamente devolvo a câmera à mesa. Tento o botão de play. A tela treme. Não é mais apenas estática. Eu me inclino na direção da TV. A gravação é de um quarto. Uma parede. Posso ouvir algo na gravação. Encontro o botão de volume e aumento. É como um cantarolar, ou algo assim. E respiração. É respiração? É esta sala. É a sala onde estou. Eu reconheço a parede, as fotos e a mesa. A câmera desce agora, mais baixo, para o chão.

A imagem começa a se mover, deixa a porta, viaja pelo corredor. Posso ouvir passos lentos da pessoa que filma, passos como galochas no chão de ladrilhos. O passo é metódico, deliberado.

A câmera entra numa sala grande, que parece ser a biblioteca da escola. Ela se move com propósito, segue em frente, através de fileiras de carteiras coletivas, pilhas e prateleiras de livros. Há janelas atrás. Vai até as janelas. São longas, com persianas horizontais do chão ao teto. A câmera para, fica bem quieta, e continua gravando.

A mão de alguém ou algo assim, de fora do quadro, se move até uma das persianas levemente à esquerda. Elas balançam. A câmera se move para cima e olha através de uma janela. Lá fora há uma caminhonete. É a velha picape lá atrás.

A gravação dá um zoom na caminhonete. Ela se aproxima, trêmula. A qualidade, com um zoom assim, não é boa. Há alguém na caminhonete. Sentado no banco do motorista. Quase parece que é o Jake. É o Jake? Não, não pode ser. Mas parece bastante...

A gravação termina abruptamente. De volta à alta estática espasmódica. Tomo um susto e dou um salto.

Preciso sair daqui. Agora.

Caminho de volta, depressa, para a porta por onde entrei. Não sei quem é o homem aqui ou o que está havendo ou onde Jake está, mas preciso arrumar ajuda. Não posso ficar aqui. Vou correr de volta em direção à cidade; não me importo se vai levar a noite toda. Não me importo se for morrer congelada. Preciso falar com alguém. Talvez possa acenar para alguém quando chegar à estrada principal. Deve haver alguns carros lá, em algum lugar.

Preciso de ajuda desde que cheguei aqui.

Viro à esquerda, então à direita. Caminho rápido. Ou tento. Não consigo ir tão rápido quanto gostaria, como se estivesse caminhando por lama molhada. O corredor está vazio. Sem sinal do Jake.

Olho ao meu redor. Escuridão. Nada. Sei que não estou, não posso estar, mas me sinto sozinha. Essa escola, movimentada e cheia durante o dia. Cada armário representa uma pessoa, uma vida, uma criança com interesses, amigos e ambições. Mas não significa nada agora, nada mesmo.

A escola é o lugar para o qual todos temos que ir. Há potencial. Escola se baseia no futuro. Esperar por algo, progressão, crescimento, maturidade. Deveria ser seguro aqui, mas se tornou o oposto. Parece uma prisão.

A porta está no fim do corredor. Posso voltar ao carro e torcer para que Jake volte, ou tentar voltar para a estrada principal a pé. Talvez Jake já esteja de volta ao carro, esperando por mim. De todo modo, posso me reorganizar no carro, pensar em algo.

Passo pela diretoria e vejo algo cintilar na porta. O quê? É uma corrente? Não pode ser. É a porta pela qual acabei de entrar. É. Uma corrente de metal na porta. E um cadeado.

Alguém acorrentou a porta e a trancou. De dentro.
Eu me viro e olho de volta para o corredor. Se eu parar de me mexer, não haverá som. Nenhum som aqui. Esta é a mesma porta pela qual entrei. Estava aberta. Agora está trancada. Tem que ser ele. Não entendo o que está acontecendo.
— Quem está aí? Quem está aí? Ei! Jake! Por favor!
Silêncio. Não me sinto bem. Isso não está certo.
Deixo minha testa cair contra a porta de vidro. Está frio. Fecho os olhos. Só quero sair daqui, de volta ao meu apartamento, à minha cama. Eu nunca deveria ter saído com Jake.
Olho pela janela. A picape preta ainda está lá. Onde ele está?
— Jake!
Corro de volta pelo corredor, meus sapatos guinchando, até as janelas na frente da escola. Não! Não pode ser. O carro se foi. O carro de Jake não está aqui. Não entendo. Ele não teria me deixado aqui, não o Jake. Eu me viro e corro de volta para o mesmo corredor, passo pelos armários até a porta pela qual entrei, a porta que agora está acorrentada.
— Quem está aqui? Ei! O que você quer?
Eu vejo. Há um pedaço de papel. Está enfiado num dos elos da corrente. Um pequeno papel dobrado. Eu pego, desdobro. Minhas mãos tremem. Uma simples linha de escrita bagunçada:

Há mais de 1.000.000 de crimes violentos na América todo ano. Mas o que acontece nesta escola?

Solto o papel e me afasto dele. Uma onda de medo profundo e pânico passa por mim. Ele fez algo com o Jake. E agora está

atrás de mim. Preciso me afastar desse lugar. Preciso parar de gritar. Preciso me esconder. Eu não deveria estar gritando ou fazendo ruídos. Ele vai saber que estou aqui, vai saber onde estou. Ele pode me ver agora?

Preciso encontrar outro lugar para ir. Não nesse corredor aberto. Uma sala, uma mesa para me esconder debaixo.

Escuto algo. Passos. Lentos. Galochas no piso. O som está vindo do outro corredor. Preciso me esconder. Agora.

Corro para longe dos passos, à esquerda pelo corredor. Passo por um conjunto de portas duplas numa sala grande com máquinas de comida iluminadas nos fundos e longas mesas, uma cantina. Há um palco na frente da sala. Há uma única porta no canto mais distante. Eu corro passando pelas mesas e atravesso a porta.

Ela dá para uma escadaria. Preciso continuar, mais longe. Minha única opção é subir. Preciso ficar quieta enquanto subo, mas há um eco. Não tenho certeza se ele está me seguindo. Paro na metade das escadas e escuto. Não consigo ouvir nada. Não há janelas nessa escadaria. Ainda posso sentir aquele mesmo cheiro, o cheiro químico. É ainda mais forte aqui. Minha cabeça dói.

Quando chego ao patamar, começo a suar mais. Está escorrendo em mim. Abro minha jaqueta. Há uma porta à minha direita, ou posso subir as escadas até o terceiro andar. Experimento a porta. Está destrancada e eu passo. A porta se fecha atrás de mim.

Outro corredor de armários e salas de aula. Há um bebedouro diretamente à minha esquerda. Eu não tinha percebido como estou com sede. Eu me abaixo e tomo um gole. Jogo um pouco de água no rosto e um pouco atrás do pescoço. Estou sem fôlego.

O corredor aqui parece muito com o de baixo. Esses corredores, essa escola, tudo é um grande labirinto. Uma armadilha. Uma música começa a tocar no sistema de alto-falantes. Não é muito alta. Uma velha música country. Eu conheço. "Hey, Good Lookin'". A mesma música que tocava no rádio do carro quando Jake e eu estávamos dirigindo para a fazenda. A mesma. Há um longo banco em um lado do corredor. Eu me abaixo de joelhos e meio que deito, meio que rastejo atrás dele, de lado. Estou basicamente escondida aqui. O chão é duro. Posso ver se alguém vier pela porta. Estou de olho na porta. A música toca até o fim. Há um intervalo de um ou dois segundos, então começa novamente. Tento cobrir as orelhas, mas ainda posso ouvir, a mesma música. Estou tentando, mas não consigo mais segurar. Começo a chorar.

ANTES DE AGORA, antes disso, antes dessa noite, quando todo mundo me perguntava sobre a coisa mais assustadora que já tinha acontecido comigo, eu contava a eles a mesma história. Eu contava a eles sobre a srta. Veal. A maioria das pessoas a quem conto não acha essa história assustadora. Eles parecem entediados, quase decepcionados quando chego ao fim. Minha história não é como um filme, eu diria. Não é de parar o coração ou intensa ou apavorante ou gráfica ou violenta. Sem sustos baratos. Para mim, esses atributos normalmente não são assustadores. Algo que desorienta, que desestabiliza o que é tomado como natural, algo que perturba e interrompe a realidade – isso é assustador.

Talvez o incidente da srta. Veal não seja assustador para os outros porque falta drama. É apenas a vida. Mas, para mim, é por isso que é assustador. Ainda é.

Eu não queria morar com a srta. Veal.

A primeira vez que encontrei a srta. Veal foi na minha cozinha. Eu tinha sete anos. Eu ouvia o nome dela havia anos. Sabia que ela ligava muito para minha mãe. Ligava para contar a minha mãe todas as coisas ruins que andaram acontecendo com ela. Minha mãe sempre ouvia. Não era como se minha mãe não tivesse suas próprias questões. E essas ligações seguiam por horas a fio.

Às vezes eu atendia quando ela ligava, e, logo que ouvia sua voz, eu me sentia desconfortável. Às vezes eu tentava ouvir depois que minha mãe pegava o outro telefone, mas sempre, depois de alguns segundos, ela dizia: "Sim, tá. Já peguei, pode desligar agora."

A srta. Veal estava com gesso na mão direita. Eu me lembro da minha mãe dizendo que sempre havia algo de errado com a srta. Veal, uma faixa imobilizadora em seu pulso ou uma atadura no joelho. Seu rosto era da forma como eu visualizava no telefone – fino e velho. Tinha cabelo castanho-avermelhado encaracolado.

Ela estava na nossa casa porque coletava nossa gordura de bacon. Minha mãe costumava guardar a gordura do bacon num contêiner no freezer. A srta. Veal fazia pudim de Yorkshire com a gordura, mas nunca cozinhava o bacon. Com frequência, minha mãe a encontrava em algum lugar ou ia para a casa dela com a gordura.

Dessa vez, minha mãe convidou a srta. Veal para vir em casa. Eu faltei a escola por estar doente e estava sentada na cozinha.

Minha mãe fez chá; a srta. Veal trouxe seus biscoitos de aveia. A troca de gordura aconteceu, e então as duas moças se sentaram e conversaram tomando chá.

A srta. Veal não me disse olá nem olhou para mim. Eu ainda estava de pijama. Estava com febre. Eu comia torrada. Não queria estar sentada na mesa com essa mulher. E, então, minha mãe deixou a sala. Não consigo me lembrar por quê; talvez ela tenha ido ao banheiro. Eu estava sozinha com ela, essa mulher, a srta. Veal. Eu mal podia me mover. A srta. Veal parou o que estava fazendo e olhou para mim.

– Você é uma boa pessoa ou é má? – perguntou ela. Estava brincando com uma mecha do cabelo, enrolando-a no dedo. – Se você desistir, você é má.

Eu não sabia do que ela estava falando ou o que dizer. Nenhum adulto, especialmente um que eu não conhecia, nunca havia falado assim comigo antes.

– Se você for boa pessoa, pode pegar um biscoito. Se for má, então vai ter que vir morar comigo em vez de morar aqui nesta casa com seus pais.

Fiquei petrificada. Não conseguia responder à pergunta dela.

– Você não deveria ser tão tímida. Precisa superar isso.

A voz dela era como no telefone, resmungona, aguda e seca. Não havia nada de brincadeira, nada amistoso ou gentil nela. Ela me encarou.

Eu mal conseguia falar com uma estranha na maioria das vezes. Eu não gostava de estranhos e frequentemente me sentia humilhada quando precisava explicar algo ou discutir as mínimas trivialidades. Eu tinha dificuldade em conhecer pessoas. Tinha

dificuldade em fazer contato visual. Coloquei a casca da torrada no prato e olhei além dela.

— Boa — eu disse após um tempo. Senti meu rosto corar. Eu não entendia por que ela me perguntava isso, e me assustava. Eu ficava quente quando estava assustada ou nervosa. Como uma pessoa sabe se é boa ou má? Eu não queria um biscoito.

— E o que eu sou? O que sua mãe contou a você sobre mim? O que ela fala sobre mim?

Ela sorriu de uma forma que eu nunca havia visto antes. Espalhou-se por seu rosto como uma ferida. Seus dedos estavam brilhantes e gordurosos de mexer no pote de gordura.

Quando minha mãe voltou à sala, a srta. Veal começou a transferir a gordura do pote da minha mãe para o dela. Ela não deu indicação de que estávamos conversando.

Naquela noite, minha mãe teve intoxicação alimentar. Ficou acordada a noite toda, vomitando, chorando. Eu não conseguia dormir e ouvia a coisa toda. Foi ela. Foram os biscoitos da srta. Veal que deixaram minha mãe doente. Eu sei. Mais tarde, minha mãe disse que foi problema de vermes, mas eu sei a verdade.

Minha mãe e eu comemos a mesma coisa no jantar, e eu não fiquei doente. E aquilo não era gripe. Ela estava bem de manhã. Um pouco desidratada, mas recuperada. Foi intoxicação alimentar. Ela comeu um biscoito. Eu não.

Nós não podemos e não sabemos o que os outros estão pensando. Não podemos e não sabemos que motivações as pessoas têm para fazer as coisas que fazem. Nunca. Não totalmente. Essa era minha aterrorizante epifania da juventude. Nós nunca conhecemos realmente alguém. Eu não conheço. Nem você.

É incrível que relacionamentos podem se formar e durar sob as limitações de nunca se saber totalmente. Nunca saber ao certo o que a outra pessoa está pensando. Nunca saber ao certo quem uma pessoa é. Não podemos fazer o que queremos. Há formas de agir. Há coisas que temos que dizer.

Mas podemos pensar o que quisermos.

Qualquer um pode pensar qualquer coisa. Os pensamentos são a única realidade. É verdade. Tenho certeza disso agora. Os pensamentos nunca são falsos ou blefes. Essa simples percepção ficou comigo. Tem me perturbado por anos e anos. Ainda perturba.

– Você é uma boa pessoa ou é má?

O que mais me assusta agora é que não sei a resposta.

FIQUEI ATRÁS DO BANCO provavelmente por uma hora. Podia ser bem mais, não tenho certeza. Quanto tempo é uma hora? Um minuto? Um ano? Meu quadril e meus joelhos ficaram dormentes pela forma como fiquei posicionada. Tive que me contorcer de uma maneira não natural. Perdi a noção do tempo. Claro que você perde a noção do tempo quando está só. O tempo sempre passa.

Aquela música continua tocando: "Hey, Good Lookin'", de novo e de novo e de novo. Vinte ou trinta ou cem vezes. Pode ter ficado mais alta também. Uma hora é o mesmo que duas horas. Uma hora é para sempre. É difícil saber. Acabou de parar. Parou no meio de um verso. Odeio essa música. Odeio a forma como tive que ouvi-la. Eu não queria ouvi-la. Mas agora sei todas as palavras de cor. Quando a música parou, fiquei chocada. Me acordou. Eu estava deitada usando o chapéu de Jake como travesseiro.

Decidi que preciso sair daqui. Não é bom ficar deitada, deitada atrás desse banco. Sou um alvo. Estou visível demais aqui. É a primeira coisa que Jake me diria se estivesse aqui comigo. Mas ele não está. Meu joelho está bem dolorido. Minha cabeça ainda dói, e está girando. Eu quase me esqueci dela. Está apenas lá. Jake me diria para parar de pensar na dor também.

Você nunca pensa que vai estar numa situação dessas. Sendo observada, seguida, mantida presa, sozinha. Você ouve sobre essas coisas. Você as lê de tempos em tempos. Sente-se enjoada com a possibilidade de alguém ser capaz de provocar esse tipo de terror em outro ser humano. O que há de errado com essa gente? Por que fazem essas coisas? Por que as pessoas terminam nessas situações? A possibilidade da maldade te choca. Mas você não é o alvo, então tudo bem. Você se esquece disso. Segue em frente. Não está acontecendo com você. Aconteceu com outra pessoa.

Até agora. Eu fico de pé, tentando ignorar meu medo. Rastejo pelo corredor, silenciosamente, me afastando do banco, longe da escadaria pela qual subi. Tento algumas portas. Tudo está trancado. Sem saída desse lugar. Esses corredores são lúgubres. Não há nada nas paredes, nenhum sinal da existência de alunos. Eu estive por esses mesmos corredores tantas vezes. Eles se repetem, viram em si mesmos, como um desenho de Escher. Quando você pensa dessa forma, é quase grotesco que algumas pessoas passem tanto tempo aqui.

Todas as latas de lixo pelas quais passei estão limpas e vazias. Sacos novos. Não há lixo deixado. Olho para elas pensando que pode haver algo que eu possa usar, algo que possa vir a calhar,

algo para me ajudar a seguir em frente, para me ajudar a escapar. Estão todas vazias. Apenas sacos pretos vazios.

Segui até o que deve ser a ala de ciência. Já estive aqui antes? Olho através das portas. Bancadas de laboratório. As portas são diferentes neste corredor. São mais pesadas e azuis, azul-celeste. Há um grande banner no fim do corredor, pintado à mão. É um anúncio para o baile de inverno. Os alunos vão estar aqui, juntos. Tantos deles. É o primeiro sinal de existência de alunos que eu vi.

Dance a noite toda. Ingressos a U$10. O que você está esperando?, diz o banner.

Acho que escuto galochas. Passos em algum lugar.

É como se tivessem me dado uma droga. Não consigo me mexer. Eu não deveria me mexer. Estou incapacitada pelo medo. Congelada. Quero me virar e gritar e correr, mas não posso. E se for o Jake? E se ele ainda estiver aqui, trancado como eu? Se está aqui, significa que não estou sozinha, que estaria segura.

Posso voltar para a escadaria. É do outro lado do corredor. Posso subir para o terceiro andar. Talvez Jake esteja lá. Eu cerro os olhos. Faço punhos com as mãos. Meu coração está acelerado. Escuto as botas novamente. É ele. Ele está procurando por mim.

Solto a respiração num sopro e me sinto enjoada. Estou aqui há tempo demais. Posso sentir meu peito se apertando. Vou vomitar. Não posso fazer isso.

Corro para a escadaria. Ele não me viu. Acho que não. Não sei onde está. No andar de cima, de baixo, acima, abaixo, em algum lugar. Sinto como se ele pudesse estar se escondendo, esperando, na minha própria sombra. Não sei.

Simplesmente não sei.

UMA SALA DE ARTES NO ANDAR DE CIMA. Um corredor diferente. Uma porta que não está trancada. Isso pode ser qualquer lugar. Não sei se já senti alívio da forma como senti quando a porta para essa sala se abriu. Eu a fecho atrás de mim, bem lentamente, mas não tranco. Escuto. Não consigo ouvir nada. Posso ser capaz de me esconder aqui, pelo menos por um tempo. A primeira coisa a fazer é tentar o telefone preso à parede, mas logo que digito mais de três dígitos a ligação cai. Tento discar o nove primeiro, e mesmo o 911 de emergência. É inútil. Nada funciona.

A mesa do professor na frente da sala está arrumada e limpa. Eu abro a gaveta de cima. Deve haver algo na mesa que eu possa usar. Rapidamente reviro as gavetas e encontro um estilete plástico. Mas a lâmina foi removida. Eu jogo no chão.

Escuto algo no corredor. Eu me abaixo atrás da mesa, fecho os olhos. Mais tempo. Há garrafas de tinta, pincéis e suprimentos enfileirados no fundo e nas paredes laterais. O quadro-negro está apagado.

Eu me pergunto quanto tempo posso ficar aqui. Quanto tempo uma pessoa dura sem o essencial, sem comida, sem água? Ficar escondido assim é passivo demais. Preciso ser ativa.

Verifico as janelas. A janela de baixo abre, mas apenas o suficiente para deixar entrar um pouco de ar. Se houvesse um parapeito ou algo para fora, talvez eu pudesse considerar pular. Talvez. Abro a janela alguns centímetros. A sensação do ar frio em minha mão é boa. Deixo minha mão ali, sentindo a brisa. Eu me abaixo e inspiro a quantidade de ar fresco que posso.

Eu costumava adorar aula de artes. Eu só não era nada boa. Queria desesperadamente ser. Eu não queria ser competente e bem-sucedida apenas em matemática. Arte era diferente.

O ensino médio foi um tempo estranho para mim. Para algumas pessoas, é o máximo. Eu fazia as lições e tirava notas altas. Isso não era uma questão. Mas toda a socialização. As festas. A tentativa de me enturmar. Isso não foi fácil, nem na época. No fim das contas, eu só queria voltar para casa.

Eu era desinteressante das formas que importam na escola. Era o pior tipo de desprezo, por anos. Eu era sem sal, invisível.

Idade adulta. Desenvolvimento tardio. Sou eu. Ou deveria ser eu. É quando as coisas finalmente devem ficar melhores. Eu ficaria melhor, todo mundo dizia. Esse é o momento que eu começaria a me tornar eu mesma.

Tive tanto cuidado. Tanta consciência. Sou menos confusa. Não tenho me descuidado. Eu me compreendo. Meu próprio potencial ilimitado. Há tanto potencial. E agora isso. Como cheguei aqui? Não é justo.

E Jake. As coisas não funcionariam entre nós. Não é sustentável, mas isso é irrelevante agora. Ele vai ficar bem sem mim, não vai? Está se estabilizando. Vai fazer algo grande, isso eu sei. Ele não precisa disso. De mim. Sua família também não precisa disso. Eles não são meu tipo de gente, mas isso não importa. Eles passaram por muita coisa. Eu provavelmente não sei nem metade. Eles provavelmente acham que já estamos em casa agora. Provavelmente dormem profundamente.

Isso não é o fim. Não tem de ser. Preciso encontrá-lo. Então eu posso recuar, recomeçar, tentar novamente. Começar do começo. Jake também pode.

É bom poder descansar, ao lado da janela, sentir o ar na minha pele. De repente eu sinto cansaço. Talvez precise me deitar. Ir dormir. Talvez até sonhar.

Não. Não posso. Nada de dormir. Sem mais pesadelos. Não.

Eu preciso me mover. Não estou livre ainda. Deixo a janela aberta e me esgueiro pela porta.

Meu pé direito encosta em algo. Uma garrafa. Uma garrafa plástica de tinta caída no chão. Eu a pego. Está quase vazia. Tenho tinta nas mãos. Há tinta no lado de fora da garrafa.

É tinta molhada. Tinta fresca. Posso sentir o cheiro. Deixo a garrafa numa mesa.

Ele esteve aqui. Recentemente, ele esteve aqui!

Minhas mãos estão vermelhas. Eu as esfrego na calça.

Vejo mais tinta no chão. Eu a borro com meu pé. Há um escrito, em letras pequenas:

Sei o que você ia fazer.

Uma mensagem. Para mim. Ele queria que eu viesse aqui ver. É por isso que a porta estava aberta. Ele me conduziu até aqui.

Não sei o que isso significa.

Espere. Eu sei. Sim, eu sei.

Ele viu Jake beijando meu pescoço. Ele nos viu no carro. Estava na janela, observando. Não é isso? Ele sabia o que faríamos no carro. E ele não queria que transássemos? É isso?

Há mais escrita no chão à frente.

Só eu e você agora. Há apenas uma questão.

O terror toma conta de mim. Terror absoluto. Ninguém sabe como é. Não pode saber. Você não sabe até que esteja sozinho assim. Como estou. Eu nunca soube até agora. Como ele sabe? Como sabe a pergunta? Ele não pode saber o que andei pensando. Não pode. Ninguém pode realmente saber no que alguém está pensando. Isso não pode ser real. Minha dor de cabeça está piorando. Levo a mão trêmula à testa. Tanto cansaço. Não estou bem. Mas não posso ficar aqui. Preciso seguir em frente. Preciso me esconder, fugir. Como ele sabe onde estou? Aonde estou indo? Ele vai voltar.

Eu sei.

QUERIA QUE ISSO FOSSE MAIS SOBRENATURAL. Uma história de fantasmas, por exemplo. Algo surreal. Algo da imaginação, não importa quão perverso. Seria muito menos aterrorizante. Se fosse mais difícil de perceber ou aceitar, se houvesse mais espaço para dúvidas, eu ficaria com menos medo. Isso é real demais. É muito real. Um homem perigoso com más intenções irreversíveis numa grande escola vazia. A culpa é minha. Eu nunca deveria ter vindo aqui.

Não é um pesadelo. Quem dera fosse. Eu queria apenas poder acordar. E daria tudo para estar na minha própria cama, no meu quarto. Estou só e alguém quer me machucar ou me caçar. E ele já fez algo com o Jake. Eu sei.

Não quero mais pensar nisso. Se eu puder encontrar o caminho para o ginásio, pode haver uma porta de emergência ou alguma

forma de sair daqui. É o que decidi. Preciso voltar para a estrada, mesmo que esteja frio demais lá fora. Talvez eu não dure muito. Mas talvez não dure muito aqui também.

Meus olhos se ajustaram à escuridão. Você se acostuma com a escuridão depois de um tempo. Não com o silêncio. O gosto metálico na minha boca está piorando. É minha saliva ou algo mais profundo. Não sei. Meu suor parece diferente aqui. Tudo está errado.

Tenho mordido minhas unhas. Mastigado minhas unhas. Eu não me sinto bem.

Também comecei a perder cabelo. Talvez seja o estresse? Coloco a mão na cabeça e, quando puxo de volta, há mechas de cabelo entre meus dedos. Corro os dedos pelo cabelo agora e sai mais. Não punhados, mas quase isso. Deve ser algum tipo de reação. Um efeito colateral físico.

Fique em silêncio. Mantenha a calma. Nesse corredor os tijolos estão pintados. O teto é feito daquelas grandes telhas retangulares removíveis. Eu poderia me esconder lá em cima? Se conseguisse chegar lá em cima.

Continue se movendo. Lentamente. O suor escorre pela minha espinha. O ginásio é no final do corredor. Tem que ser. Eu me lembro. Lembro? Como eu poderia me lembrar disso? Eu vislumbro as portas duplas com as barras de metal. É meu objetivo. Chegar lá. Chegar lá depressa, silenciosamente.

Mantenho minha mão esquerda, meus dedos, contra a parede de tijolos enquanto caminho. Passo após passo. Cuidadosamente,

cautelosamente, suavemente. Se eu posso ouvir, ele pode me ouvir. Se eu posso, ele pode. Se eu, então ele. Se. Então. Eu. Ele.

Chego às portas. Olho através das altas janelas. É o ginásio. Eu agarro a maçaneta. Conheço essas portas. Elas soam como esporas de caubói quando abertas e fechadas. Alto, metal frio. Empurro apenas o suficiente para deslizar para dentro.

As cordas de escalagem estão penduradas. O suporte de metal guarda bolas laranja de basquete no canto. Um cheiro forte. Químico. Meus olhos estão cheios d'água. Mais lágrimas.

Posso ouvir. Vem do vestiário dos meninos. Acho mais difícil respirar aqui.

O vestiário. Não é tão escuro aqui quanto no ginásio. Há duas luzes de cima acesas. Agora eu reconheço – o som de água correndo. Uma torneira está totalmente aberta. Não consigo ver ainda, mas eu sei.

Eu deveria lavar minhas mãos, tirar a tinta. Talvez dar um gole. Aquela água fria e suave em minha boca e descendo por minha garganta. Viro as mãos, olhando para as palmas. Marcadas de vermelho. Trêmulas. Minha unha direita do polegar se foi.

Há uma abertura à frente, à minha esquerda. É de onde o som da água vem. Eu tropeço em algo. Pego. Um sapato. O sapato de Jake. Quero gritar, chamar por Jake. Mas não posso. Eu cubro minha boca com a mão. Tenho que permanecer em silêncio.

Olho para baixo e vejo o outro sapato de Jake. Eu o pego. Continuo caminhando em direção à abertura. Eu espio no canto. Ninguém. Eu me abaixo e olho sob os reservados. Nenhuma perna. Seguro um sapato em cada mão. Dou outro passo mais para próximo.

Agora posso ver a beirada da pia. Sem água correndo. Eu vou em direção aos chuveiros.

Uma das duchas prateadas está a toda. Apenas uma. Há muito vapor. Deve ser água quente, bem quente.

— Jake — sussurro.

Preciso pensar, mas está tão quente aqui, úmido. Vapor por todo lado. Preciso pensar em como sair daqui. Não há sentido em tentar entender por que ele está fazendo isso ou quem ele é. Isso não importa. Nada disso importa.

Se de alguma forma eu puder sair da escola, posso correr para a estrada. Se eu chegar à estrada, vou correr. Não vou parar. Meus pulmões vão queimar e minhas pernas vão virar geleia, e não vou parar. Prometo. Não vou parar. Vou correr para tão longe e tão rápido quanto possível. Vou sair daqui para algum outro lugar, qualquer outro lugar. Onde as coisas são diferentes. Onde a vida é possível. Onde tudo não é tão velho.

Ou talvez eu possa durar aqui sem ninguém. Talvez mais tempo do que imagino. Talvez eu pudesse encontrar novos lugares para me esconder, para me misturar às paredes. Talvez eu pudesse ficar aqui, morar aqui. Num canto. Sob a mesa. Nos vestiários.

Há alguém aqui. No final das duchas. O chão está escorregadio. Azulejos molhados, embaçados. Tenho vontade de ficar sob o jato, a água fumegante. Apenas ficar lá. Mas não fico.

São as roupas dele. No último reservado. Eu as pego. Calça e uma camisa, emboladas, molhadas. As roupas do Jake. Essas são as roupas do Jake! Eu as deixo cair. Por que as roupas dele estão aqui? E onde ele está?

Uma saída de emergência. Preciso de uma. Agora.
Deixando o vestiário, escuto a música novamente. A mesma canção. Do começo. Nos vestiários, nas salas de aula, nos corredores. Os alto-falantes estão em todo lugar, mas não posso vê-los. Alguma hora param? Acho que sim, mas não tenho mais tanta certeza. Talvez a mesma música tenha tocado esse tempo todo.

SEI QUE AS PESSOAS FALAM sobre o oposto da verdade e o oposto do amor. Qual é o oposto do medo? Os opostos de desconforto e pânico e arrependimento? Nunca vou saber por que viemos para este lugar, como terminei num confinamento assim, como terminei tão só. Não deveria acontecer assim. Por que eu?
Eu me sento no chão duro. Não há saída. Não há saída deste ginásio. Não há saída desta escola. Nunca houve. Quero pensar em coisas boas, mas não consigo. Tapo as orelhas. Estou chorando. Não há saída.

TENHO ANDADO E RASTEJADO por esta escola eternamente.
Acho que há uma percepção de que medo, terror e pânico são fugidios. Acertam pra valer e depressa quando vêm, mas não duram. Não é verdade. Eles não se apagam a não ser que sejam substituídos por outra sensação. O medo profundo vai ficar e se espalhar se puder. Não dá para superar, ou enganar, ou diminuir. Se não tratado, vai apenas infeccionar. O medo é uma brotoeja.

Posso me ver na cadeira azul ao lado da estante de livros em meu quarto. A lâmpada está ligada. Tento pensar nisso, na luz suave que emite. Quero que isso fique na minha mente. Penso nos meus velhos sapatos, os azuis que só uso em casa, como pantufas. Preciso focar em algo fora da escola, além da escuridão, do debilitante silêncio opressor e da música.

Meu quarto. Passei muito tempo naquele quarto, e ele ainda existe. Ainda está lá, mesmo quando não estou. É real. Meu quarto é real.

Só tenho que pensar nele. Focar nele. Então é real.

No meu quarto, tenho livros. Eles me confortam. Tenho um velho bule marrom. Lascado no bico. Comprei numa venda de garagem por um dólar há muito tempo. Posso ver o bule sobre minha mesa entre as canetas, lápis, blocos de nota e minhas prateleiras cheias.

Minha cadeira azul favorita está marcada com meu peso corporal. Minha forma. Eu me sentei nela centenas de vezes, milhares. Está moldada com minha forma, somente para mim. Eu posso ir lá agora e me sentar no silêncio da minha mesa, onde estive antes. Tenho uma vela. Tenho uma, apenas uma; e nunca a acendi. Nenhuma vez. É um vermelho profundo, quase carmim. Tem a forma de um elefante, o pavio branco se erguendo das costas do animal.

Foi um presente dos meus pais depois que eu me formei na escola entre os primeiros da classe.

Sempre achei que acenderia aquela vela um dia. Nunca acendi. Quanto mais tempo passava, mais difícil se tornava acender.

Sempre que eu pensava que uma ocasião pudesse ser especial o suficiente para acender a vela, eu sentia como se estivesse abrindo mão. Então eu esperava por uma ocasião melhor. Ainda está lá, apagada, sobre uma prateleira de livros. Nunca houve uma ocasião especial o suficiente. Como poderia haver?

– Ele trabalhava na escola havia mais de trinta anos. Sem incidentes anteriores. Nada em sua ficha.
– Nada? Isso é incomum também. Mais de trinta anos num trabalho. Numa escola.
– Morava num lugar antigo. Acho que era originalmente a casa de fazenda de seus pais. Ambos morreram há muito tempo, foi o que ouvi. Todo mundo com quem falo diz que ele era bem gentil. Ele apenas não parecia saber como falar com as pessoas. Não conseguia se relacionar com elas. Ou não tentava. Não acho que estivesse interessado em socializar. Ele passava vários de seus intervalos em sua caminhonete. Apenas se sentava na picape nos fundos da escola. Esse era o intervalo.
– E que problema era esse de audição?
– Ele tinha implantes cocleares. Sua audição havia ficado bem ruim. Ele tinha alergias a certas comidas, leite e laticínios. Tinha uma constituição delicada. Ele não gostava de ir para a fornalha no porão. Sempre pedia para alguém ir lá ver se havia trabalho a ser feito.

— Estranho.

— E todos aqueles cadernos, diários e livros. Sempre com o nariz num livro. Eu me lembro de vê-lo num desses laboratórios de ciência depois de as aulas terminarem, e ele ficava lá, olhando para o nada. Eu o observei por um tempo, então entrei na sala de aula. Ele não me notou. Não estava limpando como deveria. Não tinha razões para estar lá, então bem gentilmente eu perguntei a ele o que estava fazendo. Houve um momento antes de ele responder, então se virou, calmamente, colocou um dedo na boca e fez "shhh" para mim. Eu não podia acreditar.

— Muito estranho.

— E antes que eu pudesse dizer qualquer coisa, ele disse: "Não quero nem ouvir o relógio." Daí ele só passou por mim e saiu. Eu tinha me esquecido disso até tudo acontecer.

— Se ele é tão esperto, você se perguntaria por que ficou empurrando um esfregão por tanto tempo? Por que ele não fazia outra coisa?

— É preciso interagir com os colegas de trabalho na maioria dos empregos. Você não pode apenas ficar sentado na caminhonete.

— Ainda assim, um zelador de escola? É isso que não entendo. Se ele queria ficar sozinho, por que trabalhava num emprego onde estava cercado de tanta gente? Não seria um tipo de autotortura?

— É, pensando bem, acho que provavelmente seria.

De quatro, engatinhando pelo que acho ser a sala de música.

De quatro, engatinhando pelo que acho ser a sala de música. Sangue pinga do meu nariz no piso. Não estou na sala. Estou num corredor estreito do lado de fora. Há janelas na sala. Minha cabeça está pulsando, queimando. Há muitas cadeiras vermelhas e cavaletes de música pretos. Não há ordem.

Não consigo tirar os pais de Jake da cabeça. Como sua mãe me abraçou. Ela não queria me soltar. Ela parecia tão mal no final. Estava preocupada, assustada. Não por si mesma. Por nós. Talvez ela soubesse. Talvez sempre tenha sabido.

Penso em um milhão de coisas. Sinto desorientação, confusão. Ele me perguntou o que achei deles. Agora sei o que acho. Não é que eles não estivessem felizes, mas estavam presos. Presos juntos, lá fora. Havia um ressentimento implícito de um para outro. Com a minha presença lá, foi a hora de demonstrar o melhor comportamento. Mas eles não conseguiram esconder totalmente a verdade. Algo os havia perturbado.

Penso na minha infância. Lembranças. Não posso evitar. Esses momentos de infância que não penso há anos ou nunca. Não

consigo focar. Não consigo manter as pessoas certas. Penso em todos.

– Estamos apenas conversando – disse Jake.

– Estamos nos comunicando – retruquei. – Estamos pensando.

Enquanto pensava e coçava atrás da cabeça, senti um ponto careca do tamanho aproximado de uma moeda de 25 centavos. Arranquei mais cabelo. Cabelo não é vivo. Todas essas células visíveis já morreram. Está morto, sem vida, quando tocamos e cortamos e penteamos. Nós o vemos, tocamos, limpamos, cuidamos dele, mas está morto. Minhas mãos ainda estão vermelhas.

Agora é meu coração. Estou com raiva dele. A batida constante. Somos feitos para não termos consciência disso, então por que estou consciente agora? Por que a batida me deixa com raiva? Porque não tenho escolha. Quando você toma consciência de seu coração, você quer que ele pare de bater. Você precisa de uma pausa do ritmo constante, um descanso. Todos precisamos de um descanso.

As coisas mais importantes são perpetuamente desconsideradas. Até algo desse tipo. Então é impossível ignorar. O que isso quer dizer?

Ficamos irritados com esses limites e necessidades. Limites humanos e fragilidade. Não se pode ficar apenas sozinho. Tudo é ao mesmo tempo etéreo e bagunçado. Tanto a depender, e tanto a temer. Tantas exigências.

O que é um dia? Uma noite? Há graça em fazer a coisa certa, tomar uma decisão humana. Sempre temos a escolha. Todo dia.

Nós todos temos. Enquanto vivemos, sempre temos escolha. Todo mundo que conhecemos em nossa vida tem a mesma escolha para considerar, de novo e de novo. Podemos tentar ignorar, mas há apenas uma pergunta para nós todos.

Pensamos que o fim desse corredor nos conduz de volta a um dos grandes corredores com todos os armários. Estivemos em toda parte. Não há mais nenhum lugar para ir. É a mesma escola antiga. A mesma de sempre.

Não podemos subir as escadas novamente. Não podemos. Nós tentamos. Realmente tentamos. Fizemos o melhor. Por quanto tempo podemos sofrer?

Nós nos sentamos aqui. Aqui. Estivemos aqui, sentados.

Claro que estamos desconfortáveis. Temos que estar. Eu sabia. Eu sei. Eu até disse:

Agora vou dizer algo que vai te incomodar: sei como é sua aparência. Conheço seus pés, suas mãos e sua pele. Conheço sua cabeça, seu cabelo e seu coração.

Você não deveria roer as runhas.

Sei que eu não deveria. Sei disso. Sentimos muito.

Nós lembramos agora. A pintura. Ainda está em nosso bolso. A pintura que a mãe de Jake nos deu. O retrato de Jake que deveria ser uma surpresa. Vamos pendurar na parede com os outros retratos. Nós tiramos do bolso, lentamente desdobramos. Não queremos olhar, mas temos que olhar. Levou muito tempo para pintar, horas, dias, anos, minutos, segundos. O rosto está ali, olhando para nós. Todos nós estamos ali. Distorcidos. Borrados. Fragmentados. Explícitos e inconfundíveis. Tinta nas minhas mãos.

O rosto é definitivamente meu. O homem. É reconhecível da forma como autorretratos são. Sou eu. Jake.

Você é uma boa pessoa? É?

Há graça em fazer a coisa certa, em fazer uma escolha. Não há?

DANCE A NOITE TODA.
INGRESSOS A U$10. O QUE VOCÊ ESTÁ ESPERANDO?

O que você está esperando? O que você está

esperando? O que você está esperando? O que você está

esperando? O que você está esperando? O que você está

esperando? O que você está esperando? O que você está

esperando? O que você está esperando? O que você está esperando? O que você está esperando? O que você está esperando? O que você está esperando? O que você está esperando? O que você está esperando? O que você está esperando? O que você está esperando? O que você está esperando? O que você está esperando? O que você está esperando? O que você está esperando? O que você está esperando? O que você está esperando?

Voltamos à sala do zelador. Foi inevitável. Nós entendemos isso agora. É o que sabemos que ia acontecer. Não havia outra opção. Após tudo, é tudo o que há.

Passamos pelas salas de marcenaria e da direção. Passamos por uma porta que dizia *Estúdio de Dança*. Havia outra que dizia *Orientação Estudantil*. Vimos o departamento de teatro. Não testamos nenhuma dessas portas. De que adianta? Temos andado por essas portas e nesses pisos há anos. Após todo esse tempo, até a poeira é familiar. Não nos importamos se estão limpos.

A sala do zelador é nossa. É onde deveríamos estar. No fim das contas, não podemos negar quem somos, quem fomos, onde estivemos. Quem queremos ser não importa quando não há como chegar lá.

Passamos pela porta do porão.

Este é quem somos. Unhas. Punhados de cabelo. Sangue em nossas próprias mãos.

Vimos as fotos. O homem. Nós entendemos. Entendemos, sim. Queríamos que não fosse verdade.

Quem quer que trabalhe aqui, o zelador, ele não está aqui. Percebemos quando olhamos seu rosto na foto. Ele não está mais aqui. Ele já se foi.

Somos nós. Estamos aqui agora. Com Jake. Apenas nós. Nós sozinhos.

No carro. Nunca vimos o homem na escola. O zelador. Apenas Jake o viu. Ele queria que nós o seguíssemos para a escola, que fôssemos procurar por ele. Ele queria estar aqui com a gente, sem saída.

Os sapatos de Jake. No vestiário. *Ele* os tirou. Ele mesmo os tirou e os deixou no ginásio. Colocou as galochas. Era ele o tempo todo. Era Jake. O homem. Porque ele é Jake. Nós somos. Não conseguimos segurar por mais tempo. As lágrimas vêm. Lágrimas novamente.

Seu irmão. A história sobre seu irmão ser o problemático. Achamos que é invenção. É por isso que seu pai estava tão feliz por visitarmos, por sermos legais com o Jake. *Ele* era o problemático. Jake. Não seu irmão. Não há irmão. Deveria haver, mas não havia. E os pais de Jake? Eles morreram há muito tempo, como o cabelo que podemos ver, o cabelo que cresce em nossa cabeça, o cabelo que cai. Já está morto. Morto há muito tempo.

Jake certa vez me disse: "Às vezes um pensamento está mais próximo da verdade, da realidade, do que uma ação. Você pode dizer qualquer coisa, pode fazer qualquer coisa, mas não pode forjar um pensamento."

JAKE NÃO PODE SER AJUDADO AGORA. Ele tentou. A ajuda nunca veio. Jake sabia que iríamos terminar. De alguma forma ele sabia. Nós nunca contamos a ele. Só estávamos pensando nisso. Mas ele sabia. Ele não queria ficar sozinho. Ele não podia encarar isso. A música começa novamente, do começo. Mais alto desta vez. Não importa. O pequeno armário ao lado da mesa está vazio. Nós empurramos todos os cabides de arame vazios para um lado e entramos. É difícil respirar. Vai ser melhor aqui. Vamos ficar aqui, esperar. A música para. Está silencioso. Puro silêncio. É aqui que vamos ficar até chegar a hora.

É o Jake. Era o Jake. Estamos aqui juntos. Todos nós.

Movimentos, ações, podem enganar ou esconder a verdade. Ações são, por definição, atuadas, interpretadas. São abstrações. Ações são construções.

Alegoria, metáfora elaborada. Não apenas compreendemos ou reconhecemos significado e validade por meio da experiência. Nós aceitamos, rejeitamos e discernimos por meio de exemplos.

Naquela noite, há muito tempo, quando nos conhecemos no pub. A música estava tocando naquela noite. Ele escutava sua equipe conversar e discutir questões, mas não falava nada. Ele ainda se integrava. Estava engajado. Estava pensando. E talvez curtindo a noite. Dava pequenos goles na cerveja. Estava meio que cheirando as costas da mão, indo e vindo, distraidamente, um dos tiques que desenvolveu quando se concentrava em algo, quando estava relaxado. Era tão raro estar relaxado nesse tipo de ambiente. Mas ele de fato conseguiu escapar, sair de seu quarto, para o pub, com outras pessoas. Isso foi difícil e significativo.

E a menina.
Ela. Ele. Nós. Eu.
Ela se sentava ao lado dele. Era bonita e falante. E ria muito. Estava confortável consigo mesma. Ele queria desesperadamente dizer oi para ela. Ela sorriu para ele. Com certeza era um sorriso. Empiricamente. Sem dúvida. Aquilo era real. E ele sorriu de volta. A menina tinha um olhar gentil.
Ele se lembra dela. Ela se sentou ao lado dele e não se afastou. Ela era esperta e divertida. Estava confortável. "Vocês estão indo muito bem" foi o que ela disse, e sorriu. Foi a primeira coisa que ela disse para Jake. Para nós.
"Vocês estão indo muito bem."
Ele levantou o copo de cerveja. "Estamos bem fortificados."
Eles conversaram um pouco mais. Ele escreveu o número dele num guardanapo. Ele queria dar a ela. Não conseguia. Não conseguia dar. Ele não deu.
Teria sido legal vê-la novamente, mesmo que só para conversar, mas ele nunca viu. Ele pensou que pudesse encontrá-la por acaso. Esperava que esse tipo de acaso acontecesse. Poderia ser mais fácil da segunda vez, poderia ter progredido. Mas ele não teve essa chance. Nunca aconteceu. Ele tinha que fazer acontecer. Ele tinha que pensar nela. Pensamentos são reais. Ele escreveu sobre ela. Sobre eles. Nós.
Alguma coisa seria diferente se ela tivesse recebido o número dele? Se ela tivesse sido capaz de ligar para ele? Se eles tivessem se falado ao telefone, se encontrado de novo, se ele a tivesse convidado para sair? Ele teria ficado no laboratório? Eles teriam viajado juntos? Ela o teria beijado? Eles teriam entrado num relaciona-

mento, dois em vez de um? Se as coisas tivessem ido bem, ela teria visitado a casa onde ele foi criado? Eles poderiam ter parado para um sorvete a caminho de casa, não importa o clima. Juntos. Mas nunca fomos. Algo disso teria feito a diferença? Sim. Não. Talvez. Não importa agora. Não aconteceu. O peso não é dela. Ela teria esquecido tão logo após a primeira noite, aquele único breve encontro no pub.

Ela nem sabe mais que existimos. A responsabilidade é apenas nossa.

Isso foi há tanto tempo. Anos. Foi inconsequente para ela e para todos. Exceto para nós.

Tanta coisa aconteceu desde então. Conosco, com os pais de Jake, com as meninas no Dairy Queen, a srta. Veal – mas estamos todos aqui. Nesta escola. Em nenhum outro lugar. Tudo parte da mesma coisa. Tivemos que tentar colocá-la conosco. Para ver o que poderia acontecer. Era dela a história para contar.

Escutamos passos novamente, as botas. Passos lentos, ainda bem longe. Estão vindo para cá. Vão ficar mais altos. Ele está vindo em seu próprio ritmo. Sabe que não temos para onde ir. Ele sabia desde o começo. Agora está vindo.

Os passos estão se aproximando.

As pessoas falam sobre a capacidade de suportar. De suportar tudo e qualquer coisa, seguir em frente, ser forte. Mas você só pode fazer isso se não estiver sozinho. É sempre a infraestrutura em que a vida é construída. Uma proximidade com os outros. Sozinho tudo se torna uma luta de mera resistência.

O que podemos fazer quando não há mais ninguém? Quando tentamos nos sustentar totalmente por conta própria? O que fa-

zemos quando estamos sempre sozinhos? Quando não há mais ninguém, nunca? O que a vida significa, então? Significa algo? O que é um dia, então? Uma semana? Um ano? Uma vida toda? O que é uma vida? Tudo significa algo mais. Precisamos tentar outra maneira, outra opção. A única outra opção.

Não é que não possamos aceitar e reconhecer amor, e empatia, não que não possamos vivenciá-lo. Mas com quem? Quando não há ninguém? Então voltamos para a decisão, para a pergunta. É a mesma. No fim das contas, depende de todos nós. O que decidimos fazer? Continuar ou não. Seguir em frente? Ou?

Você é uma boa pessoa ou é má? Essa era a pergunta errada. Sempre foi a pergunta errada. Ninguém pode responder isso. A Chamada sabia desde o começo sem nem pensar. Eu sabia. Sabia. Há apenas uma questão, e nós todos precisamos da ajuda dela para responder.

DECIDIMOS NÃO PENSAR EM NOSSOS batimentos cardíacos.

Interação, conexão, é compulsório. É algo de que todos precisamos. Solidão não se sustentará para sempre, até que se sustenta.

Não podemos nunca ter o melhor beijo sozinhos.

Talvez seja como sabemos quando um relacionamento é real. Quando alguém previamente não conectado a nós nos conhece de uma forma que nunca pensamos ou acreditamos ser possível.

Segurei a mão sobre a boca para abafar meus próprios sons. Minha mão está tremendo. Não quero sentir nada. Não quero

vê-lo. Não quero mais ouvir nada. Não quero ver. Não é legal. Tomei a decisão. Não há outra forma. É tarde demais. Depois do que aconteceu, por todo esse tempo, por todos esses anos. Talvez se eu tivesse oferecido a ela o guardanapo com meu número no pub. Talvez se eu tivesse sido capaz de ligar para ela. Talvez não tivesse acontecido dessa forma. Mas não consegui. Eu não o fiz.

Ele está na porta. Está apenas parado lá. Ele fez isso. Ele nos trouxe aqui. Foi sempre ele. Apenas ele.

Eu me estico e toco a porta, esperando. Outro passo, mais perto. Não há pressa.

Há uma escolha. Nós todos temos uma escolha.

O que une tudo isso? O que dá significado à vida? O que dá forma e profundidade? No final, isso vem para todos nós. Então por que esperamos por isso em vez de fazer acontecer? O que estou esperando?

Queria ter feito melhor. Queria ter feito mais. Fecho os olhos. Lágrimas escorrem. Escuto as botas, botas de borracha. As botas de Jake. Minhas botas. Lá fora, aqui.

Ele fica parado na porta. Ela range ao abrir. Estamos juntos. Ele. Eu. Nós. Finalmente.

E se não ficar melhor? E se a morte não for uma escapatória? E se as larvas continuam a se alimentar, alimentar e alimentar e continuam a ser sentidas?

Seguro as mãos atrás das costas e olho para ele. Está usando algo na cabeça e no rosto. Ainda usa as luvas de borracha amarelas. Quero afastar o olhar, fechar meus olhos.

Ele dá um passo em minha direção. Fica perto. Perto o suficiente para que eu me estique e o toque. Posso ouvir sua respiração

sob a máscara. Posso sentir seu cheiro. Sei o que ele quer. Ele está pronto. Para o final. Está pronto.

Equilíbrio crítico é necessário em tudo. Nossas incubadoras de temperatura controlada nas quais cultivamos grandes volumes, mais de vinte litros, de culturas de levedura e E. coli que foram geneticamente modificadas para superexpressar uma proteína de nossa escolha.

Quando escolhemos trazer o fim para mais perto, criamos um novo começo.

É toda a massa a mais que não podemos ver e que torna a formação de galáxias e as velocidades rotacionais de estrelas ao redor das galáxias matematicamente possíveis.

Ele tira a parte de baixo da máscara do seu queixo e da boca. Posso ver a barba por fazer, os lábios secos, rachados. Coloco a mão em seu ombro. Tenho que me concentrar para evitar que minha mão trema. Estamos juntos aqui, agora. Todos nós.

Um dia em Vênus equivale a 115 dias terrestres... É a coisa mais brilhante no céu.

Ele coloca um cabide de arame do armário em minha mão.

– Estou pensando em acabar com tudo – diz ele.

Eu o estico e dobro ao meio para que as duas pontas fiquem na mesma direção.

– Sinto muito por tudo – digo. Sinto mesmo, acho.

– Você pode fazer isso. Pode me ajudar agora.

Ele está certo. Eu preciso. Precisamos ajudar. É por isso que estamos aqui.

Levo minha mão direita ao redor e enfio o mais forte que posso. Duas vezes, para dentro e para fora.

Mais uma vez. Entrando. Saindo. Eu acerto as extremidades no meu pescoço, para cima, abaixo do queixo, com toda a minha força.

Então eu caio de lado. Mais sangue. Algo... cuspe, sangue... borbulha da minha boca. Tantas perfurações. Dói, tudo isso, mas não sentimos nada.

Está feito agora. E sinto muito.

Olho para minhas mãos. Uma está tremendo. Tento firmar uma com a outra. Não consigo. Eu me jogo de volta no armário. Uma única unidade, de volta a ser uma. Eu. Apenas eu. Jake. Sozinho novamente.

Eu decidi. Eu precisava. Chega de pensar. Eu respondi à pergunta.

– Só tem uma coisa que queria perguntar: o bilhete.
– Quê?
– O bilhete. Perto do corpo dele. Eu soube que havia um bilhete.
– Você soube?
– Sim.
– Não era bem um bilhete... bem, era detalhado.
– Detalhado?
– Algum tipo de diário, talvez, ou uma história.
– História?
– Quer dizer, ele escreveu sobre personagens, ou talvez pessoas que ele conheceu. Mas aí, ele está na história também, só que não é ele quem a conta. Bem, talvez seja. De certa forma. Não sei. Não tenho certeza se entendi. Não posso dizer o que é verdade e o que não é. E mesmo assim...
– Ele explica por quê? Explica por que ele... terminou com tudo?
– Não tenho certeza. Realmente não temos certeza. Talvez.
– O que quer dizer? Ou ele explicou ou não.

— É só que...
— O quê?
— Não é tão simples. Não sei. Aqui. Olhe isso.
— O que é isso tudo? São muitas páginas. Isso é o que ele escreveu?
— Sim. Você deveria ler. Mas talvez começar do fim. Daí voltar. Mas, primeiro, acho melhor você se sentar.

AGRADECIMENTOS

Nita Pronovost. Alison Callahan. Samantha Haywood.

"Jean", "Jimmy", Stephanie Sinclair, Jennifer Bergstrom, Meagan Harris, Nina Cordes, Adria Iwasutiak, Amy Prentice, Loretta Eldridge, David Winter, Léa Antigny, Martha Sharpe, Chris Garnham, Kenny Anderton, Sjón, Metz.

Todos na Simon & Schuster Canada, Scout Press, e Text Publishing.

Meus amigos. Minha família.

Obrigado.

Impressão e Acabamento:
GEOGRÁFICA EDITORA LTDA.

COM TUDO EU ESTOU PE
ENSANDO EM ACABAR COM TUDO
DO EU ESTOU PENSANDO EM A